HIEROGLYPHISCHE GESCHICHTEN

HORACE WALPOLE

Herausgegeben, übersetzt

HIEROGLYPHISCHE

und mit einem Nachwort

GESCHICHTEN

von Schuldt

für Bland
am 29. April 1998

Rowohlt

mem à la liberté
ou blanc et rouge

Originalausgabe: *Hieroglyphic Tales*
Strawberry Hill: Printed by T. Kirgate, MDCCLXXXV
Publication Numbers 212-213
William Andrews Clark Memorial Library,
University of California, Los Angeles 1982

1. Auflage März 1988

Gesamtgestaltung: Klaus Detjen
Satz: Utesch Satztechnik GmbH, Hamburg
Druck und Bindung: Clausen & Bosse, Leck
Printed in Germany · ISBN 3 498 07314 1

Schah Baham ne comprenoit jamais bien que les choses absurdes et hors de toute vraisemblance.

Le Sopha, p.5

VORWORT

Da das unschätzbare Geschenk, das ich der Welt mache, nicht jeden Geschmack erfreuen mag, gebieten es der Ernst des Stoffes ebenso wie der kraftvolle Bau der Logik und die tiefe Gelehrsamkeit, die aus den nachfolgenden Bögen sprechen, daß ich mich dafür rechtfertige, dieses Werk einem so oberflächlichen Zeitalter vorzulegen, dem nichts als vergängliche Politik, persönliche Satire und eitle Romanzen heruntergehen will.

Der wahre Grund, weshalb ich mich über alle diese Hindernisse hinweggesetzt habe, ist nämlich einzig und allein dieser: ich befürchtete, das Werk werde andernfalls der Nachwelt verlorengehen; und wenn die Gegenwart es auch verurteilen mag, so kann ich doch nicht daran zweifeln, daß man es rund hundert Zeitalter später, von heute an gerechnet, mit der gehörigen Ehrerbietung behandeln wird, wenn Weisheit und Gelehrsamkeit erst einmal ihren gebührlichen Einfluß auf die Menschheit erlangt haben und die Menschen nur noch zu ihrer Belehrung und geistigen Vervollkommnung lesen werden.

Da ich einhunderttausend Exemplare zu drucken vorhabe, darf man hoffen, daß einige davon den Zerstörun-

gen entgehen werden, denen moralische Werke ausgeliefert sind, und dann wird dieses Kleinod in seinem unverfälschten Glanz erstrahlen.
Ich hatte es um so eiliger, das Werk zum Druck zu befördern, als ich voraussehe, daß die Druckerkunst schon bald vollständig verlorengehen wird, wie es auch mit anderen nützlichen Entdeckungen geschehen ist, die den Alten gut bekannt waren. Dazu zählten die Kunst, Felsen in heißem Essig aufzulösen, Elephanten das Tanzen auf einem schlaffen Seil zu lehren, Glas herzustellen, das sich durch Hämmern verformen läßt, epische Gedichte zu schreiben, die irgend jemand einen Monat nach Erscheinen noch lesen würde, und das verblüffende Erfinden neuer Religionen, ein Geheimnis, über das als letzter Mensch der Analphabet Mahomet verfügt hat.

Ungeachtet all meines Eifers für die gute Literatur und trotz der Inbrunst meiner Weltbürgerschaft (denn ich erkläre, daß dieses Geschenk für alle Nationen bestimmt sein soll) stehen mir ein paar kleine Schwierigkeiten im Weg, die es verhindern, daß ich der Welt meine Wohltat vollständig und auf einen Schlag erweise. Ich bin genötigt, sie in kleinen Stücken hervorzubringen, und flehe daher alle guten und weisen Menschen an zu beten, daß mir mein Leben verlängert werde, bis ich das ganze Werk veröffentlichen kann, wo doch, aus Gründen, über die mich näher auszulassen mir die Bescheidenheit nicht gestattet, kein anderer Mensch die Aufgabe so gut ausführen könnte wie ich.

Einstweilen, so denke ich, wird es nicht verkehrt sein, wenn ich die Ursachen aufführe, die mich zwingen, das Werk in Lieferungen herauszubringen, denn es ist schließlich die Pflicht eines Herausgebers, die Welt ebenso mit den ihn betreffenden Umständen wie mit denen des Verfassers bekannt zu machen. Der gewöhnliche Grund für diese Methode ist, ein Buch teurer zu machen, damit es den Käufern leichter fällt, denn es wird unterstellt, daß die meisten Menschen lieber zwanzig Shilling in sechs Pennies alle vierzehn Tage ausgeben, als ein für allemal zehn Shilling zu zahlen.

So sehr diese Maßnahme das Gemeinwohl im Auge hat, muß ich doch bekennen, daß meine Gründe mehrere und lediglich persönliche sind. Da ich in sehr bescheidenen Verhältnissen lebe, die kaum ausreichen, den Lebensunterhalt eines Gentleman von meinen Fähigkeiten und meiner Gelehrsamkeit mit Anstand zu bestreiten, kann ich es mir nicht leisten, einhunderttausend Exemplare von zwei Bänden in Folio auf einmal zu drucken, denn auf diese gewaltige Menge werden die Hieroglyphischen Geschichten kommen, wenn das Werk erst einmal vollendet ist.

Zweitens bin ich sehr asthmatisch und bedarf einer

ungehinderten Zufuhr an frischer Luft, weshalb ich in dem allerobersten Geschoß eines Hauses in einer Hintergasse nicht weit von St. Mary Axe logiere; und da noch ein ganzer Haufen guter Gesellschaft in diesem Haus seine Unterkunft nimmt, bedeutet es schon eine erhebliche Gunst, daß ich überhaupt eine einzelne Kammer für mich bekommen konnte; diese ist aber keineswegs geräumig genug, die ganze Auflage zu fassen. Es ist nämlich meine Absicht, die Exemplare selbst zu verkaufen, und ich werde, wie es auch andere große Männer gehalten haben, den ersten Bogen von eigener Hand signieren.
So sehr es mich auch verlangt, die Welt mit vielen weiteren Einzelheiten meines Lebens bekannt zu machen, halten mich doch manche persönlichen Rücksichten davon ab, ihrer Wißbegierde gegenwärtig noch weiter nachzugeben; ich werde mich aber bemühen, einer öffentlichen Bibliothek eine so minuziöse Darstellung meiner selbst zu vermachen, daß den künftigen Kommentatoren und Herausgebern des Werkes keine unentbehrlichen Einsichten vorenthalten bleiben sollen. Bis dahin aber bitte ich den Leser, als zeitweiligen Ersatz mit einem Bericht über den Autor vorlieb zu nehmen, dessen Werk ich veröffentliche.
Die Hieroglyphischen Geschichten wurden zweifellos kurz vor der Erschaffung der Welt geschrieben und sind seit jener Zeit durch mündliche Überlieferung in den

Bergen von Crampcraggiri erhalten geblieben, was eine unbewohnte Insel ist, die noch auf ihre Entdeckung wartet. Für diese spärlichen Tatsachen können wir uns auf die allerglaubwürdigsten Bestätigungen einiger Priester berufen, die sich genau daran erinnern, wie alte Männer ihnen diese Geschichten erzählt haben, lange ehe sie, die Priester, geboren wurden. Wir wollen aber den Leser mit diesen Zeugnissen nicht belästigen, denn wir sind gewiß, daß jeder ihnen ebenso vertrauen wird, als hätte er sie mit eigenen Augen gesehen. Schwieriger ist es allerdings, den eigentlichen Verfasser festzustellen. Mit großer Wahrscheinlichkeit können wir die Geschichten dem Kemanrlegorpikos zuschreiben, dem Sohn des Quat; aber abgesehen davon, daß wir nicht sicher sind, ob eine solche Person je gelebt hat, steht nicht fest, daß er überhaupt etwas geschrieben hat außer einem Kochbuch, und das in Hexametern. Andere Forscher rechnen sie Quats Amme zu, und einige wenige dem Hermes Trismegistus, obschon dessen Abhandlung über das Spinett eine Stelle enthält, die dem Bericht von dem ersten Vulkan in der hundertvierzehnsten Hieroglyphischen Geschichte glattweg widerspricht. Da dieses Werk des Trismegistus verlorengegangen ist, läßt sich nicht mehr entscheiden, ob die erwähnte Unstimmigkeit so eindeutig ist, wie viele Gelehrte behauptet haben, die schließlich die Auffassung des Hermes auch nur aus anderen Stellen seiner Schriften zu erraten versuchen und sich in der Tat nicht einmal schlüssig sind, ob er von Vulkanen oder von Käsekuchen spricht, denn er war ein so schlechter Zeichner, daß seine Hieroglyphen oft für Dinge gehalten werden können, die in Wirklichkeit grundverschiedene sind; und da es keinen Gegenstand gibt, den er nicht abgehandelt hat, so weiß man nicht genau, wovon jeweils gerade die Rede ist.

Damit haben wir uns einer Gewißheit über den Verfasser so weit genähert, wie es irgend möglich ist. Aber ob er nun die Geschichten vor sechstausend Jahren geschrieben hat, wie wir annehmen, oder ob sie für ihn in den letzten zehn Jahren geschrieben wurden, jedenfalls sind sie unbestreitbar das älteste Werk der Welt. Wenn sie auch wenig Phantasie und noch weniger Erfindung enthalten, gleichen sie doch Homer in so vielen Stellen auf das genaueste, daß jeder lebende Mensch zu dem Schluß gelangen müßte, sie wären diesem großen Dichter nachgeahmt, wenn es nicht feststünde, daß Homer bei ihnen Anleihen gemacht hat, was ich auf zweierlei Wegen beweisen werde: erstens werde ich die parallelen Stellen aus Homer unten auf die Seite setzen; zweitens Homer selbst wird in Prosa übertragen, wodurch er sich so unähnlich werden wird, daß niemand mehr auf den Gedanken kommen wird, er könne ein schöpferischer

Schriftsteller sein. Ist er erst völlig leblos und fad geworden, kann es nicht ausbleiben, daß man diese Geschichten der Ilias vorziehen wird, erst recht, als ich gedenke, sie in einen Stil zu bringen, der weder Vers noch Prosa sein soll, eine Sprache also, wie sie in letzter Zeit häufig in Tragödien und Heldendichtungen vorkommt, wovon die ersteren in Wirklichkeit Heldengedichte sind, denn es gebricht ihnen doch an allem, was einleuchten könnte, ebenso wie ein antik-modernes episches Gedicht tatsächlich eine bloße Tragödie ist, da es doch wenig oder gar keinen Wechsel des Ortes, keine Episoden außer einem Geist und einem Unwetter und keine Ereignisse außer dem Tod der Hauptgestalten kennt.

Ich werde den Leser nicht länger von dem Studium dieses unschätzbaren Werkes abhalten. Das Publikum aber muß ich anflehen, prompt die ganze Auflage abzunehmen, so schnell ich sie nur gedruckt bekommen kann, denn ich habe ihm anzuzeigen, daß ich ein edleres Werk bereits ins Auge gefaßt habe: nämlich eine neue Geschichte Roms, worin ich vorhabe, den Patriotismus und alle althergebrachten Tugenden aufzudecken, bloßzustellen und zu verspotten; außerdem werde ich an Hand von Originaldokumenten, die ich erst schreiben, hinterher tief in den Ruinen von Karthago verbergen und schließlich ausgraben werde, zeigen, daß aus den Briefen

Hannos, des punischen Botschafters in Rom, hervorgeht, daß Scipio im Solde Hannibals stand und daß Fabius' Zaudern sich ebenfalls daraus erklärt, daß er von diesem General gedungen war.
Ich gebe zu, daß diese Entdeckung mir das Herz durchbohren wird; aber da sich die Moral am besten lehren läßt, indem man zeigt, wie gering ihre Wirkung noch auf die Besten der Menschen geblieben ist, werde ich also die unbescholtensten Namen aufopfern, um der gegenwärtigen Frevlergeneration zur Erkenntnis zu verhelfen. Ich zweifle nicht daran, daß, wenn sie erst einmal die Lieblingshelden der Antike verabscheuen gelernt haben, sie gute Untertanen des frömmsten Königs abgeben werden, der seit David gelebt hat, welcher die herrschende Königsfamilie vertrieben, dann aber Psalmen zum Gedenken Jonathans angestimmt hat, zu dessen Schaden und Nachteil er auf den Thron gelangt war.

ERSTE GESCHICHTE

EINE NEUE TAUSENDUNDEINE NACHT

Am Fuß des großen Berges Hirgonqúu war ursprünglich das Königreich Larbidel gelegen. Geographen, die gar nicht zu solch treffenden Vergleichen neigen, haben gesagt, es sehe aus wie ein Fußball, der gerade abgeschossen würde. Und so geschah es auch, denn der Berg stieß das Königreich mit einem Fußtritt in den Ozean, und seither hat man nie wieder von ihm gehört.
Eines Tages war eine junge Prinzessin den ganzen Berg bis zur Spitze hinaufgeklettert, um Ziegeneier zu suchen, deren Eiklar ein hervorragendes Mittel zum Entfernen von Sommersprossen darstellt – Ziegeneier! Aber ja! Die Biologen lehren, daß alle Lebewesen aus einem Ei hervorgehen. Die Ziegen auf dem Hirgonqúu könnten also ovipar sein und Eier legen, das Ausbrüten aber der Sonne überlassen. Das ist meine These, ganz gleich, ob ich es nun selber glaube oder nicht. Ich werde gegen jeden Mann schreiben und ihn mit Schimpf überhäufen, der meiner Theorie widerspricht. Es wäre ja noch schöner,

wenn Gelehrte etwa verpflichtet wären, auch zu glauben, was sie verfechten.

Auf der anderen Seite des Gebirges lebte eine Nation, über die die Larbidellianer nicht besser Bescheid wußten als der französische Adel über Großbritannien, welches er nämlich für eine Insel hält, die man doch irgendwie auf dem Landweg erreichen kann. Die umherstreifende Prinzessin hatte sich schon über die Grenze auf das Gebiet des Nachbarstaats Cücürücü verlaufen, als sie sich mit einemmal von den Wachen des Fürsten ergriffen sah, der in diesem Land herrschte.

Ohne große Umstände zu machen, teilten sie ihr mit, sie solle zur Hauptstadt gebracht werden und dort den Riesen ehelichen, der ihr Herr und Kaiser war. Der Riese, so hatte es den Anschein, nahm sich gern jeden Abend eine neue Gemahlin, die ihm bis in den frühen Morgen eine Geschichte erzählen mußte und dann ihren Kopf abgeschlagen bekam – so kauzige Sitten haben manche Leute für ihre Hochzeitsnächte! In aller Bescheidenheit erkundigte sich die Prinzessin, warum denn ihr Herr dermaßen lange Geschichten liebte, worauf der Hauptmann der Wache ihr zur Antwort gab, Seine Majestät leide an Schlaflosigkeit. «Nun», sagte sie, «und wenn er halt nicht schläft? Nicht, daß ich mir nicht zutraue, ebenso lange Geschichten zu erzählen wie jede andere Prinzessin in ganz Asien. Ja, ich kann sogar den *Leonidas* auswendig hersagen, und Euer Kaiser müßte schon überwach sein, wenn er dem widerstehen könnte.«

Mittlerweilen waren sie bei dem Schloß angekommen. Zur großen Überraschung der Prinzessin stellte sich heraus, daß der Kaiser, weit davon entfernt, einen Riesen abzugeben, bloß fünf Fuß und einen Zoll groß war. Da er aber immerhin jeden seiner Vorgänger um zwei Zoll übertraf, hatte ihn die Schmeichelei seiner Höflinge mit dem Beinamen *der Riese* geschmückt, und er selbst hatte sich angewöhnt, so zu tun, als ob er auf alle Menschen von größerem Wuchs herabsähe. Die Prinzessin wurde unverzüglich entkleidet und zu Bett gebracht, denn Seine Majestät wartete schon voll Ungeduld auf eine neue Geschichte.

«Licht meiner Augen», sprach der Kaiser, «wie ist dein Name?»

«Ich nenne mich Prinzessin Gronowia», gab sie zur Antwort, «aber in Wirklichkeit heiße ich Vrouw Gronow.»

«Und wozu ist ein Name gut», bemerkte Seine Majestät, «wenn man nicht einmal so gerufen wird? Und warum gibst du dich für eine Prinzessin aus, wenn du keine bist?»

«Ich bin romantisch veranlagt», entgegnete sie, «und hatte schon immer den Wunsch, die Hauptgestalt in einem Roman zu werden. Es gibt aber nur zwei Voraussetzungen, unter denen man Anspruch auf diesen Rang

erheben kann: Man muß entweder eine Schafhirtin oder eine Prinzessin sein.»
«Nun, dann sei es nur zufrieden», sagte der Riese, «du wirst als Kaiserin sterben, ohne je das eine oder das andere gewesen zu sein. Aber sag, welch hehrer Grund hat dich veranlaßt, deinen Namen so merkwürdig zu verlängern?»
«Das ist in meiner Familie Brauch», sagte sie. «Alle meine Vorfahren waren Gelehrte, die über die Römer schrieben. Es klang klassischer und verhalf ihren Schriften zu höherem Ansehen, wenn sie ihren Namen eine lateinische Endung gaben.»
«Das ist alles Japanisch für meine Ohren», sagte der Kaiser, «aber jedenfalls scheinen deine Vorfahren ein hübsches Pack von Schwindlern und Quacksalbern gewesen zu sein. Versteht man etwa von einer Sache mehr, bloß weil man sich den eigenen Namen verballhornt hat?»
«Oh, aber sie stellten doch damit zugleich ihren guten Geschmack unter Beweis. In Italien hat es eine Epoche gegeben, als die gelehrten Köpfe die Sache noch viel weiter trieben. Ein Mann mit einer hohen Stirn, der an einem fünften Januar geboren war, nannte sich dann Quintus Januarius Fronto.»
«Es wird immer verrückter», rief der Kaiser aus. «Du scheinst ja über ein Unmaß unangebrachter Kenntnisse

über eine Unzahl unverschämter Leute zu verfügen. Aber fahre nur fort mit deiner Geschichte: Wo kommst du her?»

«Mijnheer», sagte sie, «ich bin in Holland geboren.»

«Sapperlot bist du geboren», rief der Kaiser aus, «und wo zum Teufel soll dieses Land nun wieder liegen?»

«Es war nirgends», antwortete die Prinzessin vergnügt, «bis meine Landsleute es dem Meer entrissen haben.»

«Du närrisches Püppchen», wandte Seine Majestät ein, «willst du mir vielleicht verraten, wer deine Landsleute gewesen sein sollen, bevor ihr überhaupt ein Land hattet?»

«Eure Majestät stellen eine sehr scharfsinnige Frage, die ich nicht auf der Stelle beantworten kann. Aber ich werde mal eben zu Hause vorbeischauen in meiner Bibliothek und fünf- oder sechstausend Bände moderner Geschichte zu Rate ziehen, daneben ein- oder zweihundert Lexika, und außerdem einen kurzgefaßten Abriß der Geographie in vierzig Folianten; ich bin dann in einem Augenblick wieder zurück.»

«Nicht so ungestüm, mein Leben», widersprach der Kaiser, «du darfst nicht aufstehen, bis du zur Hinrichtung gehst. Es ist jetzt ein Uhr morgens, und du hast mit deiner Geschichte noch nicht einmal angefangen.»

«Mein Urgroßvater», fuhr die Prinzessin also fort, «war ein holländischer Kaufmann, der viele Jahre in Japan verbracht hat.»

«Zu welchem Zweck?» wollte der Kaiser wissen.
«Er zog in jenes Land, um seiner Religion abzuschwören, damit er genug Geld verdienen könne, um heimzukehren und seinen Glauben gegen Philipp II. verteidigen zu können.»
«Ihr seid eine Familie von Spaßvögeln», bemerkte der Kaiser. «Aber so sehr ich Fabeln liebe, hasse ich Stammbäume. Ich weiß, in allen Familien hat es, wenn man ihren eigenen Worten Glauben schenkt, von Generation zu Generation nie etwas anderes als gute und hochbedeutende Männer gegeben. Es ist dies eine Abart des frei Erdichteten, die ich überhaupt nicht komisch finde. In meinen Ländern gibt es keinen Adel außer dem Schmeichlertum. Wer mir am besten schmeichelt, wird in den Stand eines großen Lords erhoben, und die Titel, die ich ihnen verleihe, richten sich genau nach den Verdiensten des Trägers. Da gibt es Küß-meinen-Hintern-Khan, der ist mir am liebsten; dann Speichellecker-Khan, das ist der Schatzkämmerer, Privilegien-Khan, den Justizminister, und Gotteslästerungs-Khan, den Hohenpriester. Jeder hingegen, der die Wahrheit spricht, wird seinem Geblüt zur Schande und geht seiner adeligen Rechte verlustig; er ist also ipso facto erniedrigt. Bei euch in Europa laßt ihr einen Menschen adelig sein, weil einer seiner Vorfahren zu schmeicheln verstand. Aber alles entartet und verkommt, je weiter es sich von seinem

Ursprung entfernt. Ich will also kein einziges Wort über irgendeinen aus deiner Sippe von deinem Vater hören: Wer war er?»

«Es war damals auf dem Höhepunkt der Kämpfe um die *Bulle unigenitus*...»

«Ich sage dir zum letztenmal», unterbrach der Kaiser, «ich will nicht mehr mit diesen Leuten mit lateinischen Namen belästigt werden: sie waren doch nur ein Pack von eingebildeten Stutzern, und dich haben sie mit ihrer Narretei offenbar angesteckt.»

«Ich bedauere», erwiderte Gronowia, «daß Eure Allerhöchste Hoheit so wenig mit den Verhältnissen in Europa vertraut sind, daß sie einen päpstlichen Erlaß für eine Person halten. *Unigenitus* ist der lateinische Name für die Jesuiten...»

«Und wer zum Teufel sind die Jesuiten?» wollte der Riese wissen. «Du erklärst einen unsinnigen Ausdruck mit Hilfe eines zweiten, und dann wunderst du dich, daß ich daraus nicht klug werden kann.»

«Majestät», sagte die Prinzessin, «wenn Sie mir erlauben wollen, Ihnen eine kurze Darstellung der Unruhen zu geben, die in den letzten zweihundert Jahren Europa wegen der Doktrinen der Gnade, der Willensfreiheit, der Vorherbestimmung, dem Verworfensein des Menschen, der Rechtfertigung durch den Glauben usw. aufgewühlt haben, so werden Sie sich viel besser amüsieren und viel weniger davon glauben, als wenn ich Eurer Majestät ein langes Märchen mit Feen und Kobolden erzählte.»

«Du bist eine ewige Schwätzerin», sagte der Kaiser, «und sehr von dir selbst eingenommen. Aber rede nur, soviel du willst und über jedes Thema, das dir gefällt, bis morgen früh. Aber ich schwöre dir bei der Seele des heiligen Dschiridschi, der auf dem Schwanz der Elster zum Himmel aufgefahren ist, sobald die Uhr acht schlägt, bist du eine tote Frau. Also, wer war jetzt dieser Jesuit Unigenitus?»

«Die neuen Lehren, die in Deutschland aufgekommen waren, zwangen die Kirche zur Wachsamkeit», sagte Gronowia. «Die Schüler Loyolas...»

«Wessen Schüler?» fragte der Kaiser mit einem Gähnen.

«Ignatius Loyola», antwortete Gronowia, «des Gründers des Jesuitenordens. Er war...»

«Der Verfasser einer römischen Geschichte, nehme ich an», unterbrach sie der Kaiser. «Aber was zum Teufel gehen dich bloß diese Römer an, daß du dir soviel Sorgen um sie machst?»

«Das römische Reich und die römische Kirche sind zwei verschiedene Dinge», erklärte die Prinzessin, «allerdings hat das eine gewissermaßen das andere zur Voraussetzung, etwa so, wie sich das Neue Testament zu dem Alten verhält: das eine hat das andere zerstört und erhebt doch Anspruch darauf, sein legitimes Erbe anzutreten. Der weltliche Besitz der Kirche...»

«Was sagt die Uhr?» fragte der Kaiser seinen Ober-Eunuchen. «Bis acht kann es doch bestimmt nicht mehr lange sein, dieses Weib hat mindestens schon sieben Stunden geplappert. Hör mir gut zu: morgen abend will ich eine stumme Frau heiraten. Schneidet ihr die Zunge heraus, bevor ihr sie zu meinem Lager führt.»

«Königliche Hoheit», sagte der Eunuch zu Gronowia, «Seine Allerhöchste Majestät, deren Gelehrsamkeit unermeßlicher ist als die Sände des Meeres, ist mit allen Wissenschaften der Menschheit zu wohlvertraut, als daß er der Belehrung bedürfte. Aus diesem Grund hört seine erhabene Weisheit lieber Berichte von Ereignissen, die nie stattgefunden haben, als Erörterungen aus dem Gebiet der Geschichte oder der Theologie.»

«Du lugst», fuhr der Kaiser dazwischen. «Wenn ich mir die Wahrheit verbitte, ist es doch beileibe nicht meine Absicht, die Theologie zu verbieten. – Wie viele Gottheiten habt ihr in Europa, Frau?»

«Das Konzil von Trient», erwiderte Gronowia, «hat entschieden –» der Kaiser fing bereits zu schnarchen an – «ich meine», fuhr Gronowia fort, «daß ungeachtet aller von dem Kirchenvater Paul verfochtenen Thesen der Kardinal Palavicini versichert, daß auf den ersten drei Sitzungen des Konzils ...»

Der Kaiser schlief nun wie ein Stein. Kaum hatten die Prinzessin und der Haupt-Eunuch dies bemerkt, drückten sie ihm rasch ein paar Kissen auf das Gesicht und hielten sie fest, bis er sein Leben ausgehaucht hatte. Sobald sie sich überzeugt hatten, daß er tot war, stürzte die Prinzessin mit einer Miene, in die sie alle Anzeichen des Kummers und der Verzweiflung gelegt hatte, hinaus in den Diwan, wo sie unverzüglich zur Kaiserin ausgerufen wurde. Der Kaiser war, so ließ man verlauten, an einer Hämorrhoidenkolik gestorben. Um aber ihre Hochachtung für sein Andenken unter Beweis zu stellen, verkündete Ihre kaiserliche Majestät, daß sie sich streng an die Grundsätze halten wolle, die ihn in seiner Herrschaft geleitet hatten. Sie heiratete also jeden Abend einen neuen Gatten, verzichtete aber darauf, sich von ihnen Geschichten erzählen zu lassen, und fand sich außerdem in Anbetracht ihres guten Betragens allerhuldvollst geneigt, sie von der anschließenden Hinrichtung zu begnadigen. Allen Gelehrten Asiens sandte sie Geschenke; diese verabsäumten nicht, die Gunst der Kaiserin zu erwidern und sie als ein wahres Muster an Gnade, Weisheit und Tugend zu rühmen. Wenngleich die Lobeshymnen der Gelehrten im allgemeinen ebenso unbeholfen wie schwülstig sind, ließen sie es sich doch nicht nehmen, ihr zu versichern, daß ihre Schriften so dauerhaft sein würden wie Messing, so daß noch die allerspäteste Nachwelt sich ein Andenken an ihre glorreiche Herrschaft bewahren werde.

ZWEITE GESCHICHTE

DER KÖNIG UND SEINE DREI TÖCHTER

Es gab einmal einen König, der hatte drei Töchter, das heißt, er hätte drei Töchter gehabt, wenn er eine mehr gehabt hätte, aber auf irgendeine nicht näher geklärte Weise war die älteste Tochter nie richtig geboren worden. Sie war ungemein schön, besaß einen sprühenden Geist und sprach perfekt Französisch, wie alle Autoren jener Epoche versichern; und dennoch wollte keiner von ihnen behaupten, daß sie je gelebt habe. Andererseits gibt es aber nicht den geringsten Zweifel daran, daß die beiden anderen Prinzessinnen bei weitem keine Schönheiten waren. Die zweite sprach Englisch mit einem starken Akzent aus der Gegend von Yorkshire, während die jüngste schlechte Zähne hatte und nur ein Bein besaß, aus welchem Grund sie beim Tanz sehr ungeschickt war.

Da es höchst unwahrscheinlich schien, daß Seine Majestät noch weitere Kinder zeugen würde, war er doch schon siebenundachtzig Jahre, zwei Monate und dreizehn Tage alt, als seine Königin starb, war den Ständen seines Königreichs sehr daran gelegen, die Prinzessinnen zu verheiraten. Es gab aber ein großes Hindernis, das dieser für den Frieden des Reichs so ungemein wichtigen Regelung entgegenstand. Der König war nicht davon abzubringen, daß seine älteste Tochter zuerst heiraten sollte, und wo es doch eine solche Person überhaupt nicht gab, war es eben unerhört schwierig, den richtigen Gatten für sie ausfindig zu machen. Die Höflinge waren alle mit dem Beschluß Seiner Majestät einverstanden; da es aber auch unter dem besten aller Fürsten stets eine Anzahl Unzufriedener geben wird, war die Nation in verschiedene Parteien gespalten. Die Murrer oder Patrioten blieben dabei, daß die zweite Prinzessin die älteste sei und zur rechtmäßigen Thronfolgerin erklärt werden müsse. Viele Flugschriften für und wider wurden verfaßt, aber die Kabinettspartei hielt dafür, daß man dem Argument des Kanzlers nichts entgegensetzen könne; dieser hatte nämlich geäußert, die zweite Prinzessin könne unmöglich die älteste sein, denn es habe noch nie eine Erbprinzessin gegeben, die mit einem Yorkshire-Akzent gesprochen hätte. Diese Begründung machten sich einige Leute zunutze, die auf seiten der jüngsten Prinzessin standen, und verbreiteten insgeheim, daß die Ansprüche *Ihrer* königlichen Hoheit auf die Krone von allen am besten untermauert: denn da es die älteste Prinzessin nicht gab und die zweite also die erste sein mußte, wenn es keine erste gab, und da sie nicht die zweite sein konnte, wenn sie die erste war, und da doch der Kanzler bewiesen hatte, daß sie die erste unmöglich sein konnte, so folgte daraus klipp und klar nach allen Regeln des Rechts, daß sie überhaupt niemand sein konnte; und daraus ergab sich freilich die Konsequenz, daß die jüngste die älteste sein mußte, wenn sie doch keine ältere Schwester hatte.

Es ist nahezu unvorstellbar, wieviel Haß und Erbitterung diese miteinander im Widerstreit liegenden Ansprüche hervorriefen und wieviel Unheil sie anzurichten vermochten, zumal jede Partei bestrebt war, durch ausländische Bündnisse ihre Kräfte zu mehren. Die höfische Partei, die ja für ihre Hingabe keinen wirklichen Gegenstand aufzuweisen hatte, war gerade die treueste von allen und machte mit Inbrunst und Eifer wett, was ihren Prinzipien an solider Grundlage mangelte. Der Klerus hing im großen und ganzen dieser Partei an, die die *erste* genannt wurde, während sich die Ärzte der zweiten zugewandt hatten, die Anwälte sich aber für die dritte oder Partei der jüngsten Prinzessin erklärten, weil diese den vielfältigsten Zweifeln ausgesetzt schien und somit Aussicht auf endlose Rechtshändel bot.

Als die Nation noch in dieser Weise zerrissen war, traf mit einemmal der Prinz von Quifferiquimini ein. Er wäre der vollkommenste unter den Helden des Zeitalters gewesen, wenn er nicht tot gewesen wäre und noch eine andere Sprache neben dem Ägyptischen gesprochen und nicht drei Beine gehabt hätte. Doch diese Gebrechen konnten es nicht verhindern, daß sich die Augen der ganzen Nation sogleich auf ihn richteten und jede Partei ihn mit der Prinzessin vermählt sehen wollte, deren Sache sie verfocht.

Der alte König empfing ihn mit den größten Ehren, im Senat wurden die üppigsten Huldigungsreden auf ihn gehalten, und die Prinzessinnen waren so von seinen Vorzügen eingenommen, daß sie sich noch bitterer miteinander verfeindeten als je zuvor. Die Hofdamen und die Stutzer nahmen ihn zum Anlaß, tausend neue Moden zu ersinnen; alles mußte nun à la Quifferiquimini gestaltet werden. Frauen und Männer von vornehmer Lebensart ließen das Rouge fort, damit sie um so leichenblasser aussähen. Ihre Kleider ließen sie mit Hieroglyphen und all den häßlichen Symbolen besticken, die sie den ägyptischen Altertümern abgucken konnten; damit mußten sie sich notgedrungen zufriedengeben, denn es ist doch unmöglich, eine verlorengegangene Sprache zu erlernen. Tische, Stühle, Hocker, Kommoden und Sofas wurden mit nur drei Beinen angefertigt; die letzteren kamen allerdings schon bald wieder aus der Mode, weil sie sich als allzu unbequem erwiesen.

Der Prinz, der schon seit seinem Tod stets in schwächlicher Verfassung war, fühlte sich von diesem Übermaß an Aufmerksamkeiten ermattet und wünschte sich nicht selten, er wäre daheim bei sich in seinem Sarg. Aber es bereitete ihm die allergrößten Schwierigkeiten, sich die jüngste Prinzessin vom Halse zu schaffen, die ihm auf Schritt und Tritt hinterherhüpfte; sie war so voll der Bewunderung für seine drei Beine und schämte sich so sehr, selber nur eines zu haben, und war so ungemein neugierig, in Erfahrung zu bringen, wie seine drei Beine an den Leib gesetzt waren, daß es ihm, dem gutartigsten Menschen der Welt, jedesmal zu Herzen ging, wenn es doch einmal geschah, daß er in einer Anwandlung von Gereiztheit ihr gegenüber ein barsches Wort fallenließ, wodurch sie unweigerlich in einen Weinkrampf gestürzt wurde und dann so abgrundhäßlich aussah, daß er es nicht fertigbrachte, einen auch nur halbwegs höflichen Tonfall zu wahren.

Der zweiten Prinzessin brachte er kaum größere Zuneigung entgegen, und so war es in Wahrheit die älteste, die seine Liebe errungen hatte. Eines Dienstag morgens schwoll seine Leidenschaft so ungestüm, daß er sich über alle praktischen Bedenken hinwegsetzte (denn es gab vielerlei Gründe, die dafür sprachen, daß er seine Wahl lieber auf die eine oder andere der beiden jüngeren Schwestern hätte fallenlassen sollen) und zu dem alten König eilte, ihm seine Liebe offenbarte und um die Hand der ältesten Prinzessin anhielt.

Nichts konnte der Freude des guten alten Monarchen

gleichen, der keinen sehnlicheren Wunsch hatte, als die Vermählung dieses Paares noch zu erleben. Er schlang seine Arme um den Hals des Prinzengerippes, näßte ihm die hohlen Wangen mit heißen Tränen und gab seiner Bitte statt, wobei er hinzufügte, er wolle auf der Stelle zugunsten seiner Lieblingstochter und des Prinzen abdanken.

Aus Mangel an Platz bin ich genötigt, zahlreiche Einzelheiten zu übergehen, die viel zu der Schönheit dieser Geschichte beitragen könnten, und ich bedauere, daß ich die ungeduldige Erwartung des Lesers enttäuschen muß, indem ich ihm mitteile, daß die Trauung trotz des Eifers des alten Königs und der jugendlichen Leidenschaft des Prinzen hinausgeschoben werden mußte, weil der Erzbischof erklärt hatte, es sei unbedingt notwendig, zunächst einen päpstlichen Dispens einzuholen, da die Brautleute in einem verbotenen Verwandtschaftsverhältnis zueinander stünden: denn eine Frau, die nie gewesen war, und ein Mann, der schon gewesen war, galten in den Augen des Kirchenrechts als Vettern ersten Grades.

Daraus erwuchs eine neue Schwierigkeit. Die Religion der Quifferiquiminianer war ganz und gar das Gegenteil von der der Papstanhänger. Diese ersteren glaubten nämlich nur an die Gnade, und ihr Hoherpriester erhob den Anspruch, das ganze Reich der Gnade als seinen eigenen Besitz zu beherrschen, und dank dieses Reichtums konnte er bewirken, daß jedes Ding gewesen war, welches nie gewesen war, ebenso wie er jedes Ding, das einmal gewesen war, daran verhindern konnte, daß es je gewesen war.

«Wir brauchen nur», erklärte der Prinz dem König, «dem Hohenpriester der Gnade eine feierliche Gesandtschaft zu schicken, mit einem Geschenk von hunderttausend Millionen Barren Gold und Silber, und schon wird er dafür sorgen, daß deine liebreizende Nie-Tochter gewesen sein wird, und mich wird er am Gestorbensein hindern, und schon werden wir gar keinen Grund mehr haben, einen Dispens von eurem alten Narren in Rom einzuholen!»

«Was! Du Sünder, du gottloser Sack vertrockneter Knochen», rief der alte König, «lästerst du gegen unseren Glauben? Du sollst keine meiner Töchter bekommen, du dreibeiniges Skelett. Geh und laß dich begraben und sei auf Ewigkeit zur Hölle verdammt, wie es nicht anders sein kann, denn wo du doch schon tot bist, ist es für die Reue zu spät. Eher gebe ich mein Kind einem Pavian zur Frau, der noch ein Bein mehr hat als du, als daß ich sie so einem von Gott verstoßenen Leichnam antraue.»

«Du tätest besser daran, deine einbeinige Tochter dem Pavian zu geben», erwiderte der Prinz, «sie gäben ein hübsches Paar ab. Wenn ich auch ganz und gar ein

Leichnam bin, so ist das doch allemal besser als ein Niemand, und wer in Teufels Namen hätte denn vielleicht deine Nicht-Tochter geheiratet, wenn nicht ein toter Leichnam! Was meinen Glauben angeht, so habe ich in ihm gelebt und bin ich in ihm gestorben, und es liegt nicht in meiner Macht, das jetzt zu ändern, selbst wenn ich es wollte. Du aber...»

Ein wilder Schrei unterbrach diesen Dialog, und der Hauptmann der Garde kam in die königlichen Privatgemächer gestürzt, um Seiner Majestät zu melden, daß die zweite Prinzessin aus Rache, weil der Prinz sie unbeachtet gelassen hatte, ihre Hand einem Drogenkrämer gegeben hatte, der zugleich ein Stadtrat war, und daß die ganze Stadt die beiden in Anbetracht ihrer Vermählung als König und Königin ausgerufen habe, Seiner Majestät jedoch gestatte, den Titel auf Lebenszeit zu führen, wofür ihm eine Frist von sechs Monaten eingeräumt wurde; außerdem war die Anordnung ergangen, daß der Prinz sich unverzüglich habe aufbahren zu lassen und dann mit Rücksicht auf sein königliches Geblüt ein Staatsbegräbnis mit allem Prunk bekommen sollte.

Diese Revolution war so plötzlich und umfassend eingetreten, daß alle Parteien ihr zustimmten, oder zumindest genötigt waren, sich den Anschein der Zustimmung zu geben. Der alte König starb schon am nächsten Tag, wie die Höflinge sagten, vor Freude, und der Prinz von

Quifferiquimini wurde trotz seiner Berufung auf das Völkerrecht zu Grabe gebracht. Der jüngsten Prinzessin aber verwirrten sich die Sinne, man schloß sie in einem Tollhaus ein, wo sie Tag und Nacht nach einem Gatten mit drei Beinen rief.

DRITTE GESCHICHTE

DER WÜRFELBECHER

Ein Märchen

Nach der französischen Übersetzung der Gräfin Daunois zur Unterhaltung von Fräulein Caroline Campbell* übersetzt.

Es gab einen Kaufmann in Damaskus namens Abulkassem, dessen einziges Kind eine Tochter mit dem Namen Pissimissi war, was soviel wie die *Gewässer des Jordans* bedeutete, denn eine Fee hatte bei ihrer Geburt vorausgesagt, daß sie eine der Konkubinen Salomons sein werde. Als der Todesengel Azaziel kam, um Abulkassem in die Gefilde der Glückseligkeit zu befördern, konnte dieser seinem geliebten Kind keine anderen Reichtümer hinterlassen als die Schale einer Pistaziennuß, die von einem Elephanten und einem Marienkäfer gezogen wurde. Pissimissi, die erst neun Jahre alt war und ein sehr behütetes Leben geführt hatte, brannte vor Ungeduld, die Welt zu sehen. Kaum war der Atem aus ihres Vaters Körper heraus, stieg sie schon in das Gefährt, trieb ihren

* Älteste Tochter von Lord William Campbell, wohnte bei ihrer Tante, der Gräfin Ailesbury.

Elephanten und ihren Marienkäfer mit der Peitsche an und fuhr so schnell es nur ging zum Hof hinaus, ohne zu wissen, wohin die Reise führte. Das kraftvolle Gespann hielt kein einziges Mal an, bis sie an den Fuß eines bronzenen Turms ohne Türen und Fenster gekommen war, worin eine alte Hexe lebte, die sich dort mit siebzehntausend Ehemännern eingeschlossen hatte.
Das einzige Luftloch bildete ein enger Schornstein, dessen Mündung vergittert war, so daß man nur eben eine Hand durchstecken konnte. Pissimissi, die schrecklich ungeduldig war, befahl ihren Rennern, mit ihr zur Spitze des Schlots emporzufliegen, was diese auf der Stelle taten, denn sie waren die gehorsamsten Geschöpfe der Welt. Aber das Unglück wollte es, daß der Elephant, oben auf dem Schornstein angelangt, mit einer Vordertatze auf das Gitter trat, das unter seinem Gewicht einbrach, so daß das Elephantenbein steckenblieb, wodurch nun der Luftschacht so gründlich verstopft war, daß all die Hexengatten aus Mangel an Luft ersticken mußten. Da es eine Sammlung war, die die Hexe nur unter großen Mühen und Kosten zustande gebracht hatte, kann man sich ihren Ärger und ihre Wut leicht ausmalen. Sie entfachte ein Gewitter, das achthundertvier Jahre lang donnerte und blitzte, zauberte ein Heer von zweitausend Teufeln herbei und befahl ihnen, dem Elephanten die Haut bei lebendigem Leibe abzuziehen,

damit sie ihn, mit Sardellensauce angerichtet, zum Nachtmahl verspeisen könne.
Es hätte für das arme Tier keine Rettung gegeben, wenn der Elephant sich nicht so angestrengt gewunden hätte, um sein Bein loszubekommen, daß ihm zum Glück ein Wind entfuhr, was das beste Mittel gegen Teufel sein muß, denn sie stoben in tausend Richtungen auseinander und rissen in ihrer Hast den halben Bronzeturm mit, wodurch der Elephant, die Kutsche, der Marienkäfer und Pissimissi freikamen. Aber bei ihrem Sturz purzelten sie durch das Dach eines Apothekerladens und zertrümmerten alle Arzneiflaschen. Der Elephant, der vor Ermattung schon ganz ausgedörrt war und ohnehin nicht viel Geschmackssinn besaß, sog gleich mit seinem Rüssel die ganzen Medizinen auf, was solch eine bunte Unmenge von Wirkungen in seinem Gedärm hervorrief, daß es ein Segen war, daß er über eine eiserne Gesundheit verfügte, er wäre sonst gewiß daran gestorben. Es brach nun so reichlich aus ihm hervor, daß nicht nur der in der Nähe der Apotheke stehende Turm zu Babel in den Exkrementen versank, sondern die reißende Flut sich noch viermal zwanzig Meilen weiter wälzte bis an das Meer, wo sie eine Menge Wale und Leviathane vergiftete, weshalb eine Seuche ausbrach und drei Jahre, neun Monate und sechzehn Tage lang wütete.
Von all diesen Vorgängen geschwächt, war der Elephant

achtzehn Monate lang außerstande, die Kutsche ziehen zu helfen, was für Pissimissis Ungeduld eine grausame Verzögerung bedeutete, konnte sie doch während dieser ganzen Zeit nicht über hundert Meilen am Tag zurücklegen, denn da sie das kranke Tier auf ihrem Schoß trug, bewältigte der Marienkäfer, ganz auf sich selbst gestellt, keine längeren Etappen. Außerdem kaufte Pissimissi, wohin sie auch kam, alles, worauf ihr Auge fiel, und all diese Sachen häuften sich in dem Wagen an, wo sie möglichst unter den Sitz gestopft wurden. Sie hatte zweiundneunzig Puppen, siebzehn Puppenhäuser, sechs Fuder Zuckerwerk, eintausend Ellen Pfefferkuchen, acht tanzende Hunde, einen dressierten Bären und einen Affen erstanden, dazu vier Spielzeugläden mit ihrem gesamten Inhalt, ganz abgesehen von sieben Dutzend Lätzchen und Schürzen nach der neuesten Mode.

Mit dieser ganzen Fracht schleppten sie sich gerade über das Kaukasusgebirge, als ein riesiger Kolibri, dem es die schönen Marienkäferflügel angetan hatten, die nämlich, was ich bisher zu sagen vergessen habe, aus Rubin und mit schwarzen Perlen gesprenkelt waren, mit einem Schlag auf diese Beute niederstieß und den Marienkäfer, Pissimissi, den Elephanten und alle ihre Waren verschlang. Zufällig gehörte dieser Kolibri Salomon. Jeden Morgen ließ der König ihn aus dem Käfig, und abends

kam der Vogel regelmäßig zurück, wenn die Sitzung des Staatsrats gerade aufgehoben wurde.
Unmöglich kann man das Erstaunen Seiner Majestät und der Hofleute schildern, als das allerliebste Geschöpf eintraf und ihm der Elephantenrüssel aus dem entzükkenden kleinen Schnabel heraushing.
Der König, der sicher die Weisheit in Person war und die Naturphilosophie so gründlich verstand, daß der Zuhörer in seinen Bann geriet, sobald er von diesen Dingen zu sprechen begann, und der übrigens gerade eine Sammlung von getrockneten und gepreßten Tieren und Vögeln in zwölftausend Folianten aus bestem Kanzleipapier anlegte, erfaßte, sobald sich nur die erste Verblüffung gelegt hatte, mit einem Blick, was geschehen war. Er griff in die Seitentasche seiner Beinkleider nach einer diamantenen Zahnstocherschatulle, die er von eigener Hand auf einer Drehbank angefertigt hatte, entnahm ihr einen Zahnstocher, der aus dem Horn des einzigen Einhorns gemacht war, das er je zu Gesicht bekommen hatte, stak diesen in die Elephantenschnauze und begann, ihn hervorzuziehen. Seine ganze Weisheit warf es aber über den Haufen, als er eingeklemmt zwischen den Elephantenbeinen den Kopf eines schönen Mädchens wahrnahm, und zwischen ihren Beinen ein Puppenhaus, das sich, die Flügel mitgerechnet, über dreißig Fuß erstreckte, und aus dessen Fenstern ein Sturzbach von

Bonbons herausgehagelt kam, die man aus Platzmangel da drinnen aufbewahrt hatte. Als nächstes folgte der Bär, den es gegen die Lebkuchenstapel gepreßt hatte, womit er nun am ganzen Leib beschmiert war, weshalb er sehr verlottert aussah; dann der Affe mit einer Puppe in jeder Hand und Backentaschen, die er sich mit Naschwerk so vollgestopft hatte, daß sie ihm auf beiden Seiten niederhingen und auf dem Boden nachschleiften wie die wunderschönen Brüste der Herzogin von........

Salomon brachte aber diesem ganzen Aufzug wenig Interesse entgegen, denn ihn hatten die Reize der anmutigen Pissimissi so gefangengenommen, daß er aus dem Stegreif das Lied der Lieder erfand. Was er gesehen hatte – nämlich das ganze kunterbunte Sammelsurium, das dem Hals des Kolibri entquollen war–, hatte ihm die Ideen im Kopf heillos durcheinandergewirbelt, so daß ihm nichts zu abwegig war, um die Vorzüge der schönen Pissimissi damit zu vergleichen. Da er seine Psalmen außerdem ohne jede Melodie herausbrachte und weiß Gott eine scheußliche Stimme hatte, konnten sie Pissimissi ganz und gar nicht darüber trösten, daß der Elephant ihr die schönste Schürze zerrissen hatte. Sie weinte und brüllte und kreischte in einem fort und ließ sich auch nicht besänftigen, als Salomon sie auf den Armen durch den Tempel trug und ihr all seine kostbare Pracht zeigte.

Die Königin von Sheba, die gerade mit dem Hohenpriester über einer Partie des Puffspiels saß, und die jeden Oktober zu Besuch kam, um sich mit Salomon zu unterhalten, ungeachtet der Tatsache, daß sie kein einziges Wort Hebräisch verstand, kam auf den Lärm hin aus ihrem Boudoir gelaufen. Als sie den König mit einem schreienden Kind auf den Armen erblickte, fragte sie ihn gereizt, ob es denn wirklich ein Zeichen seiner berühmten Weisheit sei, wenn er sich vor dem ganzen Hofstaat mit seinen Kegeln bloßstelle. Statt zu antworten, sang Salomon nur weiter: «Wir haben eine kleine Schwester, und sie hat keine Brüste.» Die Königin von Sheba geriet darüber dermaßen in Zorn, daß sie ihm einen Würfelbecher, den sie zufällig noch in der Hand hielt, ohne weitere Umstände an den Kopf warf.

Die Hexe, von der am Anfang die Rede war und die, wenn auch unsichtbar, Pissimissi gefolgt war und sie in ihre Unglückssträhne verwickelt hatte, lenkte den Würfelbecher im Flug zur Seite und ließ ihn auf Pissimissis Nase treffen, die ziemlich flach war, wie die der Gräfin ...., weshalb der Becher dort steckenblieb, und weil er aus Elfenbein war, verglich Salomon nun bis ans Ende seiner Tage die Nase seiner Geliebten mit dem Turm, der den Weg nach Damaskus weist.

Die Königin schämte sich zwar etwas, daß sie sich so aufgeführt hatte, im Grunde ihres Herzens tat ihr aber der Unfall nicht leid. Als sie dann bemerken mußte, daß die Leidenschaft des Königs davon nur noch heftiger geworden war, haßte sie ihn erst recht, schimpfte ihn in Gedanken närrischer als tausend alte Narren, bestellte ihre Postkutsche und reiste in rasender Wut ab, ohne der Dienerschaft auch nur sechs Groschen Trinkgeld dazulassen. Niemand weiß, was aus ihr oder ihrem Reich geworden ist, von dem man nämlich seither nie wieder etwas gehört hat.

VIERTE GESCHICHTE

DER PFIRSICH IM BRANNTWEIN

Ein milesisches Märchen

Fitz Scanlan Mac Giolla l'ha druig[1], der König von Kilkenny, der als eintausendsiebenundfünfzigster Nachfahre in gerader Linie von dem König Milesius von Spanien abstammte, besaß eine einzige Tochter mit Namen Great A, was die Aussprache zu Greta verfälscht hatte. Als diese das mündige Alter erreicht hatte, und in Anbetracht der gründlichen Einführung in die Staatsgeschäfte, die sie von ihren Eltern empfangen hatte, beschloß der König, der seine Tochter vergötterte, zu ihren Gunsten abzudanken. Er berief also den Senat ein und verkündete seinen Beschluß, legte sodann das Zepter in die Hand der Prinzessin und forderte sie auf, den Thron zu besteigen. Um mit gutem Beispiel voranzugehen, küßte er als erster die Hand der neuen Königin und schwor ihr ewigen Gehorsam. Die Senatoren konnten es kaum abwarten, sie mit Lobreden und Huldigungen zu ersticken, und das Volk betete zwar den alten König an, war aber dennoch außer sich vor Freude über einen neuen Souverän. Die Universität schließlich hielt sich an einen seit unvordenklichen Zeiten eingeführten Brauch und überschüttete drei Monate, nachdem jedermann das Ereignis vergessen hatte, Ihre Majestät mit Bekundungen der übermäßigen Trauer und der übermäßigen Freude, die die Gelehrten darüber empfanden, einen Monarchen verloren und einen anderen bekommen zu haben.

Ihre Majestät stand nun im fünften Lebensjahr und war ein Wunder an Vernunft und Güte. In ihrer ersten Rede vor dem Senat, die sie mit unnachahmlicher Anmut lispelnd vortrug, versicherte sie, daß ihr Herz[2] ganz und gar irisch sei und daß sie nicht länger am Gängelband gehen wolle, zum Beweis wofür sie sogleich ihre Kinderfrau zum Premierminister ernannte. Der Senat begrüßte diese kluge Wahl mit noch überschwenglicheren Lobreden als zuvor und stimmte aus freien Stücken dafür, der Königin auf Staatskosten eine Million Bonbons zu schenken, während er ihren Günstling mit zwanzigtausend Flaschen Usquebaugh bedachte. Ihre Majestät ließ sich dann mit einem Hopser von dem Thron herab und verkündete, sie geruhe nunmehr Blinde Kuh zu spielen. Es entstand aber ein solcher Tumult aus dem Geschubse und Gedrängel der Senatoren, die jeder zuerst als Blinder Mann drankommen wollten und einander stießen und quetschten, bis Ihre Majestät in dem Handgemenge zu Boden geworfen wurde und eine Beule auf der Stirn davontrug, die bis zur Größe eines Taubeneis anwuchs, wobei sie ein derartiges Geschrei von sich gab, daß man sie bis nach Tipperary hätte hören können.

Der alte König geriet in Wut, schnappte sich den keulenförmigen Amtsstab, der als eines der Herrschersymbole neben dem Thron zur Schau gestellt war, und schlug dem Kanzler damit den Bregen heraus, auch wenn der damalige Inhaber dieses Amtes zufällig gar keinen hatte. Die Königinmutter, die oben von einer Tribüne herab den Feierlichkeiten zusah, wurde ohnmächtig und erlitt eine Fehlgeburt[3] von Zwillingen, die von der Angst und dem Schrecken ihrer Mutter auf der Stelle getötet wurden. Zufällig stand aber der Earl von Bullaboo, der Großmundschenk der Krone, neben der Königin; er fing eines der toten Kindlein auf, und als er sah, daß es ein Knabe war, lief er hinunter zu dem König[4] und beglückwünschte ihn zu einem Sohn und Erben. Der König, der inzwischen wieder friedlich geworden war, schalt ihn einen Hanswurst und Tölpel, woraufhin ein gewisser Mr. Phelim O'Torture, ein übereifriger Höfling, mit großer Geistesgegenwart aufsprang und den Earl von Bullaboo des Hochverrats bezichtigte, weil er die Behauptung in die Welt gesetzt hatte, daß Seine vormalige Majestät noch andere Erben außer dem gegenwärtigen, vollauf gesetzmäßigen und allerchristlichsten Souverän, der Königin Greta, gehabt habe. Eine breite Mehrheit stimmte für eine Anklage wegen Hochverrats im Amt, allerdings nicht ohne hitzige Opposition, insbesondere von seiten eines in ganz Kilkenny gefeierten Redners, dessen Name uns leider nicht überliefert ist, weil er, wie der irische Autor, von dem ich abschreibe, mitteilt, später aus den Sitzungsprotokollen gelöscht worden ist, als er nämlich Erster Lord des Schatzamts wurde, was er während der gesamten Herrschaft des Nachfolgers der Königin Greta war.

Das Argument dieses Mr. Kilmorackill, sagt mein Verfasser, dessen Name verlorengegangen ist, lautete, daß, wenn die Königinmutter einen Sohn vor der Abdankung des Königs empfangen habe, dieser Sohn ganz unzweifelhaft der Kronerbe sei, und daß daher die Abdankung null und nichtig sei, da es kein Jota zu bedeuten habe, ob das Kind lebendig oder tot geboren wurde, denn auf jeden Fall, so legte er dar, war das Kind am Leben, als es gezeugt wurde.

Aber an dieser Stelle wurde er von Dr. O'Flaharty zurechtgewiesen, der männlichen Hebamme der Königinmutter und dem Abgeordneten für den Wahlkreis Corbelly; er erging sich in gelehrten Auslassungen über Embryonen, wurde aber von dem Geschrei der jungen Königin unterbrochen, die nach ihrem Nachtmahl verlangte, welche vorrangige Frage ohne Gegenstimmen von dem Haus verabschiedet wurde; als dann die Sitzung wiederaufgenommen wurde, nahm die Debatte doch bald ein vorzeitiges Ende, weil eine ungeduldige Mehrheit aufbrechen und auf das Wohl Ihrer Majestät trinken wollte. Diese angebliche Rechtsverkürzung wurde zum Anlaß eines sehr weitschweifigen Protests, den Sir Archee Mac Sarcasm aufsetzte, der es verstand, darin den Anspruch des verstorbenen Fötus so gewandt und listig vorzutragen, daß ein Bürgerkrieg ausbrach, der all die Verheerungen und blutigen Massaker im Gefolge hatte, die das altehrwürdige Königreich von Kilkenny viele Jahre lang heimsuchten und zu guter Letzt nur durch einen glücklichen Zufall ein Ende fanden, der zwar, wie mein Autor sagt, jedermann bekannt ist, den er aber dennoch zu Nutz und Frommen aller, die ihn vielleicht doch noch nicht gehört haben, wiederzugeben für seine Pflicht hält. Dies sind seine Worte:

Es traf sich, daß der Erzbischof von Tuum (in alten Zeiten von dem römisch-katholischen Klerus Meum geheißen), der geistreichste Mann seiner Epoche, sich gerade in dem Boudoir der Königinmutter befand, auf deren Schoß[5] die junge Königin saß. Mit einemmal wurde Seine Gnaden von einer heftigen Kolik gepackt, die so schmerzhaft war, daß er ganz gräßlich das Gesicht verzog, weshalb die Königinmutter in dem Glauben, er müsse gleich sterben, aus dem Zimmer stürzte, um nach einem Arzt zu schikken, denn sie war von vorbildlicher Güte und besaß nicht den geringsten Dünkel.

Während sie, in der schlichten Art jener Zeit, noch draußen in der Gesindestube stand, um Hilfe zu holen, nahmen die Qualen des Erzbischofs zu. Als er nun auf dem Kaminsims etwas erblickte, was er für einen Pfirsich in Branntwein hielt, schluckte er es alles in einem einzigen Zug herunter, ohne erst ein Tischgebet zu sprechen, der Herr vergebe es ihm, und es verschaffte ihm große Linderung. Er leckte sich noch die Lippen ab, als die Königinmutter schon zurückkam und Königin Greta ihr zurief: «Mama, Mama, der Herr hat meinen kleinen Bruder gegessen!»

Dieses günstige Ereignis machte dem Streit ein Ende, da nun die männliche Linie in Gestalt des verzehrten Prinzen gänzlich ausgestorben war. Der Erzbischof aber, der unter dem Namen Innocent III. zum Papst gekoren wurde, zeugte später einen Sohn mit seiner eigenen Schwester und nannte das Kind Fitzpatrick, weil doch etwas von dem königlichen Blut in seinen Adern floß. Von diesem stammen alle jüngeren Zweige der gegenwärtig lebenden Fitzpatricks ab. Was nun die weiteren Handlungen und Taten Gretas angeht, stehen sie nicht in dem Buch der Chronik der Könige von Kilkenny geschrieben?

Anmerkungen

Diese Geschichte wurde für Anne Liddel Gräfin Ossory geschrieben, die Frau von John Fitzpatrick, Earl von Ossory. Ihre Tochter Anne ist der Gegenstand der Geschichte.

1 Siehe den Artikel für die Familie Fitzpatrick in Lodge's *Peerage of Ireland* [ein irischer Gotha. – A. d. Ü.].

2 In ihrer ersten Rede an das Parlament sagte Königin Anne, ihr Herz sei durch und durch englisch [Anne herrschte 1702–1714 als letzte Königin aus dem *schottischen* Haus der Stuarts über England, Schottland und Irland. – A. d. Ü.].

3 Die Gräfin Ossory hatte damals gerade durch eine Fehlgeburt Zwillinge verloren.

4 Sobald Lord Ossory nach Hause kam, beglückwünschte ihn der Hausverwalter zu einem Sohn und Erben, obwohl beide Kinder Totgeburten waren.

5 Gewisse Kommentatoren haben in ihrer Unwissenheit unterstellt, der irische Autor habe sich an dieser Stelle einen krassen Anachronismus zuschulden kommen lassen, denn nachdem er festgestellt hat, daß die umstrittene Erbfolge zu langen Kriegen Anlaß gegeben hatte, spricht er dennoch davon, daß die Königin Greta am Ende dieser Kriege noch auf ihrer Mutter Schoß sitzt wie ein Kind. Ich kann sie aber aus ihrer eigenen Darstellung heraus widerlegen. *Wie ein Kind* besagt noch nicht, daß sie tatsächlich ein Kind war: sie saß nur *wie ein Kind*, und das mochte sie freilich tun, auch wenn dreißig Jahre alt. Zivilrechtler haben darüber befunden, mit welchem Abschnitt seines Lebens ein König volljährig sein kann, ehe er es ist, aber weder Grotius [Hugo de Groot, genannt Grotius, holländischer Jurist und Diplomat, Delft 1583–Rostock 1645, «Vater des Völkerrechts». – A. d. Ü.] noch Puffendorffe

[Samuel v. Pufendorf, Historiker, Jurist und Philosoph, Chemnitz 1632 – Berlin 1694. – A. d. Ü.], noch irgendein anderer ihrer Zunft haben je entschieden, wie lange ein König oder eine Königin noch kindlich bleiben können, nachdem sie ihre Kindheit hinter sich gelassen haben.

FÜNFTE GESCHICHTE

MI LI

Ein chinesisches Märchen

Mi Li, der Prinz von China, war bei seiner Patentante, der Fee Hih, aufgewachsen, die dafür berühmt war, daß sie die Zukunft aus den Blättern in einer Teetasse wahrsagen konnte. Aus diesem unfehlbaren Orakel prophezeite sie ihm, daß er der unglücklichste Mensch auf Erden sein werde, es sei denn, er heirate eine Prinzessin, die den gleichen Namen wie das Herrschaftsgebiet ihres Vaters trage. Da es aller Wahrscheinlichkeit nach nicht mehr als eine Person auf der Welt mit dieser Eigentümlichkeit geben konnte, dachte der Prinz, nichts werde leichter sein, als den Namen der ihm von dem Schicksal vorherbestimmten Gemahlin in Erfahrung zu bringen. Er war zu wohlerzogen, um seine Patentante mit der Frage zu behelligen, denn er wußte, wenn sie ein Orakel sprach, geschah es in der Absicht, ein Rätsel aufzugeben, und keineswegs, um eine Mitteilung zu machen. Eben auf der Vorliebe dafür beruht es ja, daß die Menschen so gern jene zu Rate ziehen, die nie eine klare Antwort geben, also Propheten, Anwälte und Leute auf der Straße, die, wenn man sich nach dem Weg erkundigt, mit der Frage antworten, woher man gekommen sei.

Sobald Mi Li aber in seinen Palast zurückgekehrt war, schickte er nach seinem Hauslehrer, der taubstumm war, eine Eigenschaft, wegen derer die Fee ihn ausgesucht hatte, damit er seinem Zögling keine schlechten Grundsätze einflöße; er machte es aber dadurch wett, daß er mit seinen Fingern sprechen konnte, als wären es Engelszungen. Mi Li fragte ihn ohne Umschweife, wer die Prinzessin sei, die denselben Namen trage wie das Königreich ihres Vaters. Hier hatte der Prinz ein wenig übertrieben, aber es hat schließlich noch nie jemand etwas genau so weitererzählt, wie er es gehört hat. Außerdem ließ sich dieser Fehler in dem Erben einer großen Monarchie entschuldigen, den man von all den wissenswerten Dingen, die es gibt, nicht ausgerechnet gelehrt hatte, die Wahrheit zu sprechen, und der vielleicht noch nie gehört hatte, was das ist. Dennoch war es nicht die Verwechslung von *Königreich* mit *Herrschaftsgebiet*, was dem Erzieher Kopfzerbrechen bereitete. Daß eine Sache richtig ausgedrückt war, hatte seinem Verständnis noch nie auf die Sprünge geholfen. Er besaß jedoch große Geistesgegenwart, die darin bestand, nie eine direkte Antwort zu geben, aber den Eindruck zu erwecken, als könnte er. Also beschied er den Prinzen, die Frage sei viel zu wichtig, als daß sie auf der Stelle gelöst werden könnte.
«Woher weißt du denn das?» platzte der Prinz heraus. Aus diesem jugendlichen Ungestüm konnte der Haus-

lehrer schließen, daß mehr hinter der Frage stecken mußte, als er bisher erkannt hatte, und wenn er es auch fertigbrachte, wegen nichts und wieder nichts sehr ernst zu sein, so konnte er doch zehnmal feierlicher werden, wenn es um etwas ging, was er nicht begriff. Aber dieses Unbekannte führte freilich einen Konflikt zwischen seiner durchtriebenen Schläue und seiner dummen Ahnungslosigkeit herbei, und da die letztere doch größer war, verriet sie sich immer, denn nichts sieht so albern aus wie ein Narr, der weise tut. Der Prinz wiederholte seine Frage. Der Hauslehrer wollte wissen, warum er schon wieder fragte. Dem Prinzen fehlte nun vollends die Geduld, die Frage noch ein weiteres Mal mühselig auf seinen Fingern vor sich hinzubuchstabieren; statt dessen brüllte er sie aus Leibeskräften heraus, obwohl es doch bei dem Taubstummen nichts nützen konnte. Die Höflinge stürmten herein, schnappten noch gerade die Worte des Prinzen auf, und da sie sie fehlerhaft wiedergaben, verbreitete es sich bald wie im Fluge über ganz Peking, und dann in die Provinzen und von dort in die Tartarei und von dort bis zu dem Moskowiterreich, und so weiter, daß der Prinz wissen wollte, wer die Prinzessin ist, deren Name dem ihres Vaters gleicht.

Da nun die Chinesen, soviel ich weiß, nicht mit Nachnamen gesegnet sind, wie sie bei uns jede Familie hat, und da außerdem ihre Vornamen, die ihre Taufnamen wären,

wenn ihnen das Glück einer christlichen Taufe vergönnt gewesen wäre, für Männer und Frauen von Grund auf verschieden sind, so meinten die Chinesen in der Annahme, daß diese Regel auf der ganzen Welt Gültigkeit haben müßte, nur weil sie bei ihnen gilt, daß es nirgends auf dem ganzen quadratischen Erdoberen eine Frau geben könne, deren Name dem ihres Vaters gleicht. Dies wiederholten sie unermüdlich, auf ebenso ehrerbietige wie hartnäckige Weise, bis schließlich der Prinz selbst darüber das ursprüngliche Orakel völlig vergessen hatte und nun auch in dem Glauben befangen war, er wolle wissen, wer die Frau sei, die den gleichen Namen wie ihr Vater trage. Er erinnerte sich aber noch, daß etwas an der Sache gewesen war, was ihm königlich vorgekommen war, und sprach deshalb immer von *ihrem Vater, dem König.*
Der Premierminister zog das Rote Buch zu Rate, den *Almanach der Herrscherhäuser und des Hochadels,* der *ihm* schon immer als Orakel gedient hatte, aber keine derartige Prinzessin war darin verzeichnet. Alle Gesandten an den ausländischen Höfen wurden angewiesen, sich zu erkundigen, ob es dort eine solche Prinzessin gäbe. Da aber diese Anweisungen erst höchst langwierig chiffriert werden mußten, hielt der Prinz es in seiner Ungeduld nicht länger aus und beschloß, sich vor dem Abgang der Kuriere selbst auf die Suche nach seiner Braut zu machen.

Der alte König, der wie üblich seinem Sohn die Führung der Staatsgeschäfte ganz und gar überlassen hatte, sobald dieser das Alter von vierzehn Jahren erreicht hatte, war entzückt, daß der Prinz sich nun zu einer Weltbesichtigung aufraffen wollte, was doch gewiß, so meinte er, in wenigen Tagen zu erledigen sei; eben weil es so leicht ist, rühren sich ja viele Monarchen nicht vom Fleck, sondern bleiben in ihren Palästen, bis es zu spät ist. Majestät verkündete also, daß er die Wahl seines Sohnes billigen werde, ganz gleich, wer die Prinzessin sei, solange sie nur die Weissagung erfülle und den gleichen Namen wie ihr Vater trage.

Der Prinz nahm also die Eilpost nach Kanton, von wo er die Reise an Bord eines englischen Kriegsschiffs fortzusetzen gedachte. In was für eine grenzenlose Freude versetzte es ihn aber, als ihm am Abend vor seiner Einschiffung zugetragen wurde, daß es einen Seemann gebe, der wisse genau, wer die gesuchte Prinzessin sei! Der Prinz, der gerade Tee trank, verbrühte sich den Mund, die alte Porzellantasse ging zu Bruch, die ihm seine Mutter, die Königin, bei der Abreise aus Peking mitgegeben hatte und die ihre Ururururgroßmutter, die Königin Fi, von Konfuzius selbst empfangen hatte, und er rannte zu dem Schiff hinunter, um nach dem Mann zu fragen, der von seiner Braut wußte. Es war der wackere Tom O'Bull, ein irischer Matrose, der durch seinen

Dolmetsch, den Supercargo James Hall, Seiner Hoheit die Mitteilung machte, daß Mr. Bob Oliver in Sligo eine Tochter hatte, die auf seine beiden Namen getauft war, die schöne Miss Bob Oliver[1]. Aus seiner Machtfülle ernannte der Prinz Tom zu einem Mandarin der ersten Klasse, und auf Toms Wunsch versprach er obendrein, bei seinem Bruder, dem König von Groß-Irland, Frankreich und Britannien, ein Wort einzulegen, damit Tom auch in seinem eigenen Land in den Adelsstand erhoben werde, denn, so sagte er, er würde sich schämen, dort aufzutreten, ohne ein Lord zu sein wie alle seine Bekannten.

Toms Schilderungen der Liebreize Ihrer Hoheit Bob hatten nun die Leidenschaft des Prinzen dermaßen angefacht, daß es ihm unerträglich war, das Eintreffen einer Gesellschaft von Edelfräulein aus Peking abzuwarten, die er seiner künftigen Gemahlin als standesgemäße Hofdamen hätte mitbringen wollen; statt dessen behalf er sich mit einem Dutzend Gattinnen der vornehmsten Kaufleute von Kanton sowie zwei Dutzend Jungfrauen als Brautjungfern, die allerdings für diesen Zweck bereits untauglich geworden waren, ehe auch nur St. Helena erreicht war. Tom selber heiratete eine von ihnen, stand aber so hoch in der Gunst des Prinzen, daß seine Gattin nichtsdestotrotz zur Brautjungfer ernannt wurde und hernach mit Toms Einwilligung einen englischen Herzog ehelichte.

Niemand kann sich die Qualen ausmalen, die unser liebestoller König erlitt, als er bei seiner Landung in Dublin erfuhr, daß die Prinzessin Bob Irland verlassen und irgendeinen unbekannten Menschen geheiratet hatte. Es war Toms Glück, daß er sich auf irischem Boden befand, er wäre sonst kleingehackt worden wie Reiskörner, denn in China ist es bei Todesstrafe verboten, den Erben des Throns aus Unwissenheit in die Irre zu führen. Geschieht es hingegen mit Absicht, dann ist es, genau wie in anderen Ländern, überhaupt kein Verbrechen.
Da ein Prinz von China keine Frau heiraten darf, die schon einmal verheiratet war, blieb Mi Li nur übrig, erneut die Welt auf der Suche nach einer anderen Frau zu durchstreifen, die dieselben Bedingungen wie Miß Bob erfüllen könnte, welch letztere er sofort vergaß, als er hörte, daß er eine andere heiraten müsse, in die er sich übrigens auf der Stelle verliebte, auch wenn er dabei nicht wußte, in wen. In diesem Zustand erwartungsvoller Spannung träumte er, daß er «die vom Schicksal für ihn ausersehene Gemahlin, deren Vater die Ländereien verloren habe, die nie seine Ländereien gewesen wären, an einem Ort finden werde, wo es eine Brücke gabe, die uber keinen Bach führe, ein Grab, worin niemand begraben läge und nie jemand liegen werde, Ruinen, die aus mehr bestünden, als sie je gewesen wären, einen unterirdischen Gang voll Hunden mit Augen aus Rubin und Smaragd

und ein Vogelhaus mit chinesischen Fasanen, an Schönheit alle übertreffend, die die ausgedehnten Gärten seines Vaters zierten». Die Erfüllung dieses Orakels schien so unmöglich, daß er noch viel fester daran glaubte als an das erste, woraus wir sehen können, daß er ein wirklich frommer Mann war.

Er beschloß also, zu einer zweiten Suche aufzubrechen, und als er von dem Vizekönig hörte, daß es in England einen Mr. Banks[2] gab, der suchend auf der ganzen Welt umherreiste und nicht wußte, was er finden wollte, sagte sich der Prinz, daß er einen besseren Führer nicht finden könnte, und nahm ein Schiff nach England. Dort erfuhr er, daß der weise Mr. Banks sich in Oxford aufhielte, wo er in Bodleys Bibliothek nach dem Manuskript der Reisebeschreibung eines Mannes fahndete, der auf dem Mond gewesen war, von dem Mr. Banks annahm, daß er sich im westlichen Atlantik befinden müsse, da der Mond dort untergeht. Falls ihm eine neue Entdeckungsreise zu diesem Himmelskörper gelingen sollte, wollte er ihn im Namen Seiner Majestät des Königs von England in Besitz nehmen, allerdings nur unter der Bedingung, daß dort nie Steuern erhoben würden, damit der Mond nicht etwa dem Reich darüber verlorengehe, wie es mit den übrigen Besitzungen Seiner Majestät in jener westlichen Weltgegend geschehen war.

Mi Li mietete sich also eine Postkalesche nach Oxford,

aber da sie schon etwas verrottet war, brach sie mitten auf der neuen Chaussee nach Henley auseinander. Ein Bettler kam vorbei und gab dem inkognito reisenden Prinzen den Rat, zu General Conway zu gehen, dessen Anwesen in der Nähe lag; dieser sei die Liebenswürdigkeit in Person und werde dem Reisenden gewiß seine eigene Kutsche leihen. Diesem Vorschlag folgend, begab sich der Prinz zu dem Haus, wo man ihm sagte, die Familie sei gerade in den Parkanlagen, man werde ihn aber gern zu ihnen führen.

Es ging durch ein uraltes Buchengehölz zu einem Vogelhaus[3], das einen prachtvolleren Ausblick bot als irgendeines in den Besitzungen seines Vaters, und in dem es von chinesischen Fasanen wimmelte. Der Prinz geriet in einen Freudentaumel und rief aus: «Oh, allmächtige Hih! Mein Traum fängt an, wahr zu werden!» Der Gärtner verstand außer einigen Pflanzennamen kein Chinesisch, deshalb machte ihm die Ähnlichkeit der Klänge besonderen Eindruck: er war aber zu diskret, um ein einziges Wort darüber zu verlieren.

Da er die Herrin des Hauses nicht wie vermutet an dieser Stelle antraf, machte der Gärtner kehrt und verschwand mit einemmal in der tiefsten Düsternis des Wäldchens, wo er in eine stockfinstere Höhle hinabstieg. Mutig und unerschrocken folgte ihm der Prinz. Erst als sie ein langes Stück Wegs in diese unterirdische Gruft vorgedrungen

waren, sahen sie endlich einen Lichtschimmer, aber da setzte ihnen mit einemmal eine Meute kleiner Spaniels nach. Als sich der Prinz nach ihnen umwandte, fiel ihm auf, daß ihre Augen[4] wie Smaragde und Rubine leuchteten. Statt sich darüber zu verwundern, wie es Fo-Hi, der Stammvater seiner Rasse, getan hätte, brach der Prinz von neuem in seine Schreie aus und rief: «Ich komme voran! Ich mache Fortschritte! Ich werde wahrhaftig meine Braut finden! Große Hih! Du bist unfehlbar!»
Als sie wieder ins Helle gekommen waren, geleitete der Gärtner, der übrigens dieses Betragen mit unerschütterlicher Gelassenheit hingenommen hatte[5], den Prinzen zu einer Ansammlung künstlicher[6] Ruinen, unter denen eine geräumige Galerie oder Arkade verlief. Ob Seine Hoheit sich dort nicht ausruhen wolle, fragte der Gärtner, aber statt ihm zu antworten, vollführte der Prinz Bocksprünge, als wäre er außer sich und rief dazu: «Ich komme voran! Ich mache Fortschritte! Große Hih! Ich komme voran!» Der Gärtner war sehr verwundert und machte sich Gedanken, ob er etwa einen Tollhäusler zu seinem Herrn und seiner Herrin zu führen im Begriffe stand. Er zögerte weiterzugehen. Da er aber von den Äußerungen des Prinzen kein einziges Wort verstand, hatte er es offenbar mit einem Ausländer zu tun, und der wilden Tanzerei nach konnte es nur ein Franzose sein.
Wo aber der Fremde so lebhaft und des Herumlaufens

noch gar nicht müde war, schlug der aufmerksame Gärtner einen Weg durch ein Tal ein, das sich zwischen zwei in ganzer Höhe mit Zedern, Fichten und Kiefern bestandene Hügel senkte; alle diese Bäume hatte, wie er voller Stolz dem Prinzen mitteilte, Seine Exzellenz, der General, anpflanzen lassen. Aber wenn der Prinz auch in Irland in drei Tagen mehr Englisch gelernt hatte als alle Franzosen der Welt in drei Jahren, schenkte er dennoch diesem Hinweis gar keine Beachtung, worüber der Gärtner sehr gekränkt war; er stürmte nur immer voran und verdoppelte noch seine Luftsprünge und Ausrufe, als er sah, wie das Tal von einer gewaltigen Brücke abgeschlossen wurde, die aus den Felsbrocken zu bestehen schien, die die Riesen einst Jupiter an den Kopf geworfen hatten, und unter der es keinen einzigen Tropfen Wasser gab.[7] «Wo ist meine Braut, meine Gemahlin?» rief Mi Li. «Sie kann nicht mehr fern sein.» Das Geschrei und die Rufe des Prinzen lockten eine Matrone aus einer Kate herbei, die auf einer Klippe bei der Brücke stand, so daß sie über dem Fluß zu schweben schien. «Meine Herrin ist unten bei dem Furthaus», rief die brave Frau[8], die nämlich etwas schwerhörig war und dachte, um diese Auskunft habe man sie gefragt. Der Gärtner wußte, daß es verlorene Mühe wäre, wollte er ihr seine Nöte erklären, und überlegte sich, daß, falls der bedauernswerte Herr wirklich wahnsinnig sein sollte, gewiß niemand besser mit ihm

fertig zu werden verstünde als sein Herr, der General. Er wandte sich also nach links und führte den Prinzen an dem Ufer des Flusses entlang, der wunderschön zwischen den Zweigen der Salweiden funkelte, während sich zur anderen Seite ein wildes Dickicht an den steilen Kreidefelsen festkrallte und einen lebhaften Gegensatz zu den grünenden Wiesen und Weizenfeldern des anderen Ufers herstellte.
Ohne jeden Sinn für den bezaubernden Reiz dieser Landschaft galoppierte der Prinz wild darauflos und nötigte damit auch den armen Gärtner zu einem munteren Traben, bis sie vor einem einsamen Grab[9] haltmachten. Von Zypressen, Eiben und Weiden umstanden sah es aus wie die Ruhestätte eines verwegenen Jünglings, der den reißenden Strom herausgefordert und dabei sein Leben verloren hatte; zu dem tapferen und kühnen Leander hätte es gut gepaßt.
Nun besaß Mi Li zum erstenmal genug Geistesgegenwart, um sich sein bißchen Englisch in Erinnerung zu rufen. Aufgeregt fragte er den Gärtner, wessen Grab er vor sich habe. «Niemand liegt hier», begann der Gärtner zu antworten, wurde aber sogleich von dem Prinzen unterbrochen: «Und niemand wird hier je begraben werden?» – Oh, dachte der Gärtner, jetzt ist kein Zweifel mehr an seiner Tollheit. In diesem Augenblick bemerkte er, wie sich der General mit seiner Familie ihnen näherte.

Er setzte sich daher schnellstens in Bewegung, um dem Prinzen voranzugehen; dieser aber, der nicht nur viel jünger, sondern vor allem von der Liebe beflügelt war, rannte mit aller Kraft los, sobald er der Gesellschaft und insbesondere eines jungen Mädchens ansichtig geworden war. Fast atemlos lief er auf Lady Ailesbury zu, packte Miss Campbells Hand und rief: «Wer sie? Wer sie?» Lady Ailesbury schrie auf, das junge Mädchen kreischte, der General, ruhig, wenn auch peinlich berührt, trat rasch zwischen die beiden und hätte den Prinzen, wenn ein Prinz beim Kragen gepackt werden könnte, gewiß beim Kragen gepackt. Mi Li hielt mit dem einen Arm seine Beute eisern fest, während er mit dem andern auf sie deutete und mit einem Blick, wie er sehnsüchtiger und flehentlicher nicht sein konnte, einmal ums andere seine Frage wiederholte: «Wer sie? Wer sie?»

Der General erkannte an Aussprache und Gebaren, daß er einen Ausländer vor sich hatte, und da ihm eher zum Lachen als zum Zürnen zumute war, erwiderte er mit höflicher Geringschätzung: «Aber was denn, sie ist Miss Caroline Campbell, die Tochter von Lord William Campbell, dem ehemaligen Gouverneur Seiner Majestät in Carolina.»

«O Hih! Jetzt fallen mir deine Worte wieder ein!» rief Mi Li, und so wurde das junge Mädchen zur Prinzessin von China.

Anmerkungen

1 Eine solche Person hat es wirklich gegeben.

2 Nämlich jener Herr, der gemeinsam mit Dr. Solander Otaheite [Tahiti] entdeckt hat.

3 Es gehört Lady Ailesbury.

4 In Park Place gibt es einen solchen Gang, der durch einen Kreidehügel gegraben ist; wenn sich die Hunde in der Mitte befinden, läßt das von der Mündung eindringende Licht ihre Augen aufleuchten, wie es hier beschrieben ist.

5 Copeland, der Gärtner, ein sehr ernster Mensch.

6 Weshalb sie größer gewesen zu sein scheinen.

7 General Conway ließ die Brücke aus unbehauenen Baumstämmen in Park Place bauen, damit sie die von Henley kommende Landstraße trage, so daß er unbehinderten Zugang zu seinen Gartenanlagen beiderseits der Straße behielt. Siehe dazu die letzte Seite des vierten Bandes der [von Walpole verfaßten] *Anecdotes of Painting*.

8 Die alte Hüterin der Kate, die General Conway der dort sich bietenden großartigen Aussicht halber hatte bauen lassen. Das Furthaus ist ein Bauernhaus am Rand der Anlagen.

9 Ein falsches Grab auf einem schönen Fleckchen am Fluß, als Blickpunkt errichtet: obenauf sitzt eine kleine Pyramide.

SECHSTE GESCHICHTE

EINE REGELRECHTE LIEBESGESCHICHTE

Auf dem Höhepunkt der Feindseligkeiten zwischen der Partei der Welfen und der der Ghibellinen war ein Trupp von Venezianern auf das Gebiet der Visconti, der Herrscher von Mailand, vorgedrungen und hatte den jungen Orondates entführt, den sie dort bei seiner Amme gefunden hatten. Seine Familie konnte sich zwar rühmen, von Canis Scaliger, dem Herrscher Veronas, abzustammen, doch stand ihr Geschick in jenen Jahren unter einem Unstern. Die Entführer verkauften den schönen Orondates an eine reiche Witwe aus dem Geschlecht der Grimaldi, die ohne Kinder geblieben war, weshalb sie ihn ebenso liebevoll aufzog, als wäre er ihr eigener Sohn gewesen. Das allmähliche Heranwachsen seiner Gestalt und die Entfaltung seiner Reize machte sie nur noch vernarrter, so daß die Signora Grimaldi ihn nachsichtig behandelte und verwöhnte, wodurch das Ungestüm seiner Leidenschaften erst recht entfesselt wurde. Muß es da noch ausdrücklich gesagt werden, daß die Seele des Orondates ganz und gar von der Liebe beherrscht wurde

oder daß in einer Stadt wie Venedig eine Erscheinung wie die des Orondates kaum auf Widerstand traf?
Die zyprische Gebieterin (i. e. Aphrodite) gab sich nicht mit den zahlreichen Opfern zufrieden, die Orondates auf ihren Altären dargebracht hatte; sie konnte nicht ruhen, solange sein Herz noch ungebunden war.
Auf der anderen Seite des Kanals gegenüber dem Palast der Grimaldi stand ein Kloster der Karmeliterinnen, deren Äbtissin eine junge afrikanische Sklavin von der allererlesensten Schönheit besaß, mit Namen Azora, die gerade ein Jahr jünger war als Orondates. Gagat und Japanlack sahen lehmig und glanzlos aus, verglichen mit Azoras Haut. Nie hatte Afrika eine vollkommenere Mädchengestalt hervorgebracht als Azora, wie sich auch Europa nur eines Orondates rühmen konnte.
Die Signora Grimaldi war zwar keine Frömmlerin, verrichtete aber ihre Andachten ziemlich regelmäßig, bloß war Landsknecht mehr nach ihrem Geschmack als die Beterei, weshalb sie sich mit ihren Messen beeilte, so sehr es nur ging, damit sie um so mehr von ihrer kostbaren Zeit dem Kartenspiel widmen könne. Aus diesem Grund bevorzugte sie die Kapelle der Karmeliterinnen, von der sie nicht mehr als der Weg über ein Brückchen trennte, trotz der Tatsache, daß die Äbtissin einer gegnerischen politischen Clique angehörte. Da die beiden von gleichem Rang waren und keine Streitigkeiten miteinander

gehabt hatten, aus denen sich ein unhöfliches Betragen hätte rechtfertigen lassen, verneigten sie sich stets voreinander, allerdings mit einer Kälte, von der die eine wie die andere so tat, als sei es eine bloße Geistesabwesenheit, die sich aus der Sammlung ihrer Gedanken zur Andacht hinlänglich erkläre, wenngleich die Signora Grimaldi kaum auf den Priester achtete und die Äbtissin hauptsächlich damit beschäftigt war, die Unaufmerksamkeit der Signora zu beobachten und zu bekritteln.

Ganz anders Orondates und Azora. Beide begleiteten ständig ihre Herrinnen zur Messe, und das erste Mal, daß sie sich zu Augen bekamen, wurde in beiden Herzen entscheidend. In den Augen von Orondates hatte Venedig aufgehört, mehr als eine Schöne aufzuweisen, und Azora hatte bis dahin nicht bemerkt, daß es schönere Geschöpfe auf der Welt geben könnte als einige der Karmeliternonnen.

Das zurückgezogene Leben der Äbtissin und die Animosität zwischen den beiden Frauen, die seitens der frommen aus tiefstem Herzen kam, schnitt den Liebenden alle Hoffnung ab. Azora verwandelte sich in ein ernstes, grüblerisches und melancholisches Wesen; Orondates wurde griesgrämig und störrisch. Sogar die Anhänglichkeit an seine gütige Beschützerin ließ nach. Er folgte ihr nur widerwillig, außer wenn es wieder an der Zeit war, zur Messe zu gehen. Oft fand sie ihn dann schon auf den

Stufen zum Kirchenportal, noch ehe die Türen geöffnet wurden. Die Signora Grimaldi neigte aber nicht dazu, andere zu verurteilen. Sie begnügte sich damit, ihren eigenen Leidenschaften zu frönen; nur selten gebot sie denen anderer Einhalt. Wenngleich sich die Gelegenheit zu guten Werken ihrem Vorstellungsvermögen nicht häufig darbot, war sie doch gern dazu bereit, wenn man sich an sie wandte, und immer sprach sie beim Kartenspiel gütig von den im Unglück lebenden Menschen, außer wenn sie gerade ein sehr schlechtes Blatt hatte.
Dennoch bleibt es wahrscheinlich, daß sie Orondates' Leidenschaft nie entdeckt hätte, wenn ihr nicht ihre Zofe, die ihm seine Vorzugsstellung neidete, etwas angedeutet hätte, wobei sie gleichzeitig mit geheuchelter Gutherzigkeit darauf hinwies, wie gut die Lebensumstände der beiden Liebenden zueinander paßten und daß, da die Signora sich in vorgerückten Jahren befinde und doch gewiß nicht beabsichtige, einem Geschöpf, das sie auf dem Markt gekauft habe, ein Erbe zu hinterlassen, es eine barmherzige Tat wäre, das zärtliche Paar zu verheiraten und auf ihrem Bauernhof auf dem Land anzusiedeln.
Zum Glück war die Signora Grimaldi guten Eindrücken stets zugänglich und schlechten nur selten. Die Tücke ihrer Zofe begriff sie nicht, aber der Gedanke der Heirat leuchtete ihr ein. Die Ehe war eine Einrichtung, der sie sich verschrieben hatte und die sie förderte, wo immer es

ehrlich in ihrer Macht stand. Selten machte sie Schwierigkeiten und sah nie welche voraus. Ohne Orondates auch nur über den Stand seiner Neigungen zu befragen, ohne sich in Erinnerung zu rufen, daß die Signora Capello, die Äbtissin, und sie widerstreitenden Parteien angehörten, und ohne sich in irgendeiner Weise für den Fall einer Abfuhr vorzusehen, schrieb sie auf der Stelle an die Äbtissin und schlug ihr vor, Orondates mit Azora zu vermählen.

Diese befand sich gerade in dem Gemach der Signora Capello, als der Brief eintraf. Die ganze Raserei, mit der die Autorität sich so liebend gern für die ihr abverlangte Disziplin schadlos hält, die ganze Härte einer Frömmlerin, die ganze Bitterkeit des Parteienhaders und all die gekünstelte Entrüstung, derer die Prüderie fähig ist, wenn es um die Sinnesfreuden der anderen geht, brachen nun über die hilflose Azora herein, die gar nicht erraten konnte, was sie mit dem fatalen Brief zu schaffen hatte. Sie wurde gezwungen, alle Verleumdungen zu ertragen, die die Äbtissin mit dem größten Vergnügen der Signora Grimaldi an den Kopf geschleudert hätte, wenn die Rücksicht auf ihren eigenen Ruf und der Rang dieser Übeltäterin es nur zugelassen hätten. Ohnmächtige Rachedrohungen wurden immer noch einmal mit Nachdruck ausgestoßen, und da niemand in dem Kloster ihr zu widersprechen wagte, ließ sie ihrer Wut und ihrem Hang zur Geschwätzigkeit in endlosen Wiederholungen freien Lauf. Schließlich wurde Azora strengstens eingeschlossen, und man verordnete ihr trockenes Brot und Wasser als allerwirksamste Kur gegen die Liebe.

Zwanzig Antworten an die Signora Grimaldi wurden geschrieben und zerrissen, weil sie einem Groll nicht genügend Ausdruck gaben, der an lärmender Schreihälsigkeit alles besaß, was ihm an Beredsamkeit fehlte, so daß schließlich der Beichtvater der Äbtissin genötigt wurde, einen Brief zu verfassen, in den zwar auf seinen Wunsch einiges fromme Kauderwelsch Eingang fand, er aber im übrigen gezwungen war, sich mit einem Haufen ironischer Bemerkungen abzufinden, die sich auf das Alter der Familie Grimaldi bezogen, wozu noch zahlreiche unverständliche Anspielungen auf vulgären Klatsch kamen, die die Partei der Ghibellinen gegen die Welfen zusammengetragen hatte. Der klarste Abschnitt der Epistel verurteilte Azora zu ewiger Keuschheit, nicht ohne einige sarkastische Äußerungen über die unbeständigen und liederlichen Liebschaften des Orondates einzuflechten, der deshalb längst, wenn es nach dem gewöhnlichen Schicklichkeitsempfinden ginge, aus dem Haus einer anständigen Witwe hätte verbannt werden müssen.

Kaum war dieses gewittrige Geheiß abgeschrieben und vor dem versammelten Ordenskapitel von der Äbtissin unterzeichnet und dem Beichtvater zum Überbringen anvertraut worden, da kam die Klosterpförtnerin atemlos herbeigelaufen und verkündete der ehrwürdigen Versammlung, daß Azora, von den Schlägen und Drohungen der Äbtissin in Angst und Schrecken versetzt, die Wehen bekommen und vier Welpen fehlgeboren hatte: denn die ganze Nachwelt soll nun wissen, daß Orondates ein italienisches Windspiel war und Azora ein schwarzer Spaniel.

Nachwort

Von diesen Geschichten sollte nicht mehr Aufhebens gemacht werden, als sie verdienen. Es sind bloß grillenhafte Spielereien, vornehmlich zur Unterhaltung einiger Freunde geschrieben und daher auch nur in einem halben Dutzend Exemplaren gedruckt. Man darf in ihnen höchstens einen Versuch sehen, Abwechslung in die abgestandene und abgedroschene Kategorie der Geschichten und Novellen zu bringen, die frei erfundene Werke sind und trotzdem fast immer der Imagination entbehren. Wenn die Bibliothèque des Romans, die die erdichteten Abenteuer aller Zeiten und Länder enthält, nicht den Beweis böte, würde man kaum glauben können, daß es so wenig Phantasie, so wenig Abwechslung und so wenig Neues in Schriften gegeben hat, deren Ideenreichtum durch keine Regeln gefesselt, durch keine Verpflichtung auf die Wahrheit gehemmt ist. Es liegt unendlich viel mehr Erfindung in der Geschichtsschreibung, die ohne Wahrheit überhaupt nichts taugt, als in den Romanen und Novellen, die doch auf diese keinen Anspruch erheben.

(«) FÜNFTE GESCHICHTE (»)
ANHANG

DAS VOGELNEST

Gusalme, die Königin von Serendip, ruhte sich gerade im Pavillon der Düfte auf einem mit den Daunen von Schmetterlingsflügeln gepolsterten Diwan aus, als eine Stimme, die man nur im Traum hören kann, zu ihr sagte: Schau, schau! Ohne die Augen zu öffnen, wandte sie ihren Kopf und sah wenige Schritte vor dem Fenster einen Baum aus durchsichtigem Rosenholz, der große Trauben von weißen Porzellantassen und -untertassen hervorgebracht hatte, aus denen ein Duft strömte, der wie der Atem der Houris roch. Auf einem der höheren Äste erblickte sie ein Nest, das aus Fetzen von Mignionette, Brüsseler Spitze und anderem kostbarem Klöppelwerk geflochten war. Aus Neugier darauf, was das Nest enthalten mochte, kletterte Gusalme den Baum hinauf, ohne sich von ihrer Polsterbank zu rühren; als sie dabei zufällig ein unter dem Nest liegendes Flageolett anstieß, fing dieses gleich an, ein italienisches Lied zu singen, das mit den Worten begann: *Vita dell'alma mia*.

Die Königin hätte diesen silbernen Klängen für immer zuhören mögen; da aber in demselben Augenblick auf einem Nachbarzweig eine dicke Knospe aufsprang und ihre Blüte in der Gestalt eines herzförmigen Spiegels enthüllte, war Gusalme entzückt, sich noch tausendmal schöner zu sehen als je zuvor, obwohl sie immer schon schöner gewesen war als Asrous, die Lieblingskonkubine Salomos. Sie nahm an, diese wunderbare Blume müsse ein Geschenk des Himmels sein, und glaubte daher, sie würde eine Sünde begehen, sollte sie jemals aufhören, da hineinzuschauen; also rückte sie sich in die allerschmachtvollste Haltung zurecht, die sie zustande bringen konnte, und beschloß, auf ewig in dieser Stellung zu verharren.

Kaum hatte sie diesen frommen Vorsatz gefaßt, hörte sie ein gewaltiges Zähneklappern und eigenartige unverständliche Laute. Als sie ihre Augen auf den Boden richtete, erblickte sie einen riesigen zinnoberroten Pavian, mindestens zehn Fuß groß, der ihr – die nämlich ganz und gar vergessen hatte, daß sie auf einem der obersten Zweige stand und daß es ziemlich stürmisch wehte – mit heftigem Verlangen auf die Strumpfbänder zu starren schien, die mit Augen von Turteltauben eingefaßt waren und gewissermaßen eine erotische Dämmerung in dem von den äußeren Kleidungsstücken gebildeten Kreis entstehen ließen.

Noch nie war eine Lage so kritisch für das Feingefühl wie die, in der sich jetzt Ihre Majestät befand. Wenn sie höher hinaufkletterte, wie es ihr erster Gedanke gebot, würde sie nur ihre Person noch mehr entblößen. Spränge sie aber hinab, wäre die Gefahr noch viel größer. Was konnte sie also tun? Nichts als was eine Frau immer in kritischen Fällen tut – nämlich nichts. Sie war sich sicher, daß sie nichts Schlechtes im Sinn gehabt hatte. Das Schicksal war also der Schuldige, und konnte sie vielleicht das Schicksal lenken? Solcherart fest entschlossen, nicht mitschuldig zu werden an den Ereignissen, die noch folgen mochten, nahm sie sich vor, zu vergessen, daß es den Pavian gab; wo es aber doch eine moralische Pflicht ist, alles in den eigenen Kräften stehende zu tun, um einen Freier davon zu überzeugen, daß er keine Aussichten hat, und da man sich selbst einen unerwünschten Verehrer nicht aus dem Kopf vertreiben kann, außer daß man an sich selbst denkt, so machte sie sich mit vermehrtem Eifer daran, wieder in den wunderbaren Spiegel zu schauen, aber sie fand es nun viel schwieriger, eine Haltung zu treffen, in der sie sich gefiel. Sie veränderte ihre Stellung so oft, daß der Pavian, der nämlich ein hochbegabter Komiker war, es sich nicht verkneifen konnte, sie nachzumachen, so daß er schließlich alle Vögel in dem Wald so sehr zum Lachen brachte, daß sie schon wieder weinen mußten.

Gusalme wollte eben zornig werden, als eine aus einem Hirsekorn gemachte Uhr, die sie im Ohr trug, gerade sechs schlug, worauf sie mit einemmal an Stelle des Pavians unten am Fuß des Baums einen ehrwürdigen Greis erblickte, der in weiße, über und über mit winzigen Perlen besetzte Roben gehüllt war, die ihm bis zu den Füßen hinabfielen, um die Hüfte aber von einem Gürtel aus lauter Smaragden zusammengehalten wurden, die wie Feigenblätter angeordnet waren; die Schnalle aber war ganz verschlissen, so oft hatte er sie geöffnet, denn er badete sich siebenmal täglich im Euphrat und war jetzt fünftausendneunhundertunddreizehn Jahre alt.

«Strahlender Morgenstern», sprach er, an die Königin gewandt, «zerstreue deine Ängste; in mir hast du den Patriarchen Abraham vor dir!»

«Herr im Himmel», rief sie aus, «und wie bist du hierher gekommen?»

«Als der Todesengel Azriel mich aus dieser Welt nahm und zum Himmel emportrug», antwortete er, «rief aus diesem Wald eine Stimme hinter mir her: ‹Oh, du alter Schurke, war es noch nicht schlecht genug, mich mit meinem armen Kindchen Ishmael in der Wüste verhungern zu lassen? Glaubst du etwa, du wirst auch noch zum Himmel auffahren ohne mich? Azriel›, sprach sie dann weiter zu dem Engel, ‹ich verlange, daß du mich jetzt zusammen mit diesem Betrüger mitnimmst!› – ‹Aber nein›, sagte der Engel, ‹das ist unmöglich, denn auf irgendeine Weise ist Sarah schon vor dir dort angelangt, und es wird ein Leben in Frieden nicht mehr möglich sein, wenn ihr zwei aufeinandertreffen solltet. Alles, was ich für euch tun kann, ist dies: Abraham wird in jeder Woche an einem Tag zwölf Stunden lang mit dir in dieser Wüste herumziehen; aber da dir seine Gesellschaft kaum etwas helfen kann, wo er doch aus nichts als Seele bestehen wird, und da Sarah immer noch einen Heidenkrach schlagen wird, wenn sie ihn mit dir in seiner menschlichen Form erblickt, so soll er die Gestalt eines Tieres annehmen, das er sich frei auswählen kann, und dieser Verwandlung muß er sich unterwerfen, bis eine schönere Frau als du es bist, von zierlichstem Körperbau, mit den allerschwärzesten Augen und den rotesten Lippen der Welt, zum Nesterausnehmen in diesen Wald kommen wird.› Ich habe nun», sprach Abraham weiter zu der Königin, «diese Buße seit mehr als fünftausend Jahren getan, ohne jemals im geringsten auf Erlösung davon hoffen zu können, bis vor einer Viertelstunde, als ich dich im Pavillon der Düfte schlafen sah. Ich war es, der dir zugeflüstert hat, den Baum anzusehen, und der weitere Verlauf hat meinen Erwartungen recht gegeben. Ich habe eine Frau gesehen, schöner noch als Hagar – nein, erröte doch nicht –, und du wirst den Vogel Salomons zu sehen bekommen. Schau, dort!»

Durch ein Zwitschern über ihrem Kopf aufmerksam geworden, richtete die Königin ihre Augen nach oben und erblickte in dem Nest eine kleine purpurne Figur aus aneinandergefügten Amethysten, die auf einem weißen, mit Diamanten und Türkisen gesäumten Satinbettchen saß. Sie hatte den Kopf eines Dompfaffs aus Rubin und pechkohlenschwarzem Gagat mit einem Schnabel aus Topaz, und ihr Schwanz bestand aus Pfauenfedern, die mit einem Volant aus Regenbögen abgeschlossen waren. Dieses allerliebste kleine Geschöpf, das dreißigmal winziger war als der kleinste Kolibri, bebrütete zwei Straußeneier aus Opal, woran ganz und gar nichts Außergewöhnliches war, denn alles, was Salomon gehörte, besaß die Gabe, sich auf jede beliebige Größe dehnen zu können, und so fiel es dem holden kleinen Wesen ebenso leicht, sich über zwei Straußeneier zu strecken, wie man genauso einfach eine Million Menschen mit einem einzigen Glas Champagner betrunken machen kann, was sich bald bewerkstelligen läßt, wenn es einem nur erst gelingt, die Menschenmenge in eine Wildnis zu versetzen, wo es keinen Tropfen Wein gibt, denn die ganze Schwierigkeit bei dem Verrichten eines Wunders liegt doch in seiner Unmöglichkeit; es könnte ja jeder eines vollbringen, wenn es möglich wäre.

Eines der Eier trug unverständliche Schriftzeichen, auf dem anderen standen in hebräischen Buchstaben die Worte *Oroknoz Alapol.* «Verratet mir, in Gottes Namen», rief Gusalme, «was diese Worte zu bedeuten haben. Bestimmt wohnt ihnen eine wundertätige Kraft inne.»

«Es sind die Namen eines großen Philosophen», antwortete Abraham, «der noch weiser als Salomon ist und noch größeren Unsinn schreibt. Die Zeichen, die du nicht verstehst, stammen aus der Sprache einer Insel im Westen und bedeuten dasselbe wie Oroknoz Alapol, was übersetzt Der Dürrste unter den Rechtgläubigen heißt. Er wird sich in dich verlieben und wird zu deiner Unterhaltung Märchen schreiben. Aber reich mir deine Hand, damit ich dir, damit ich dir herunterhelfen kann.»

«Warte noch eine Minute», antwortete sie, «ich will mir nur noch eben ein paar Samen von dieser Spiegelblume holen, ein solch strahlendes Weiß habe ich noch nie gesehen; ich werde sie in meinem Glashaus züchten lassen und die Blumen in allen meinen Gemächern aufstellen.»

Als sie diese Worte gesprochen hatte, streckte sie den Arm aus, um die Blume zu pflücken, glitt aber mit dem Fuß aus, weshalb sie zu Boden stürzte und aufwachte.

Handschriftliche Anmerkungen Horace Walpoles in seinem Exemplar der ersten Ausgabe

1. Geschichte
Der Wert einer hieroglyphischen Geschichte besteht darin, daß sie aus dem Stegreif und ohne jeden Plan geschrieben wird, wie es bei den ersten vier wörtlich der Fall war.

3. Geschichte
Seite 23, Zeile 1 (in dieser Ausgabe Seite 50): «Die wunderschönen Brüste der Herzogin von ....» Die Herzogin von Kingston, der gefeierten Miss Chudleigh.
Seite 23, Zeile 19 (Seite 51): «daß sie kein einziges Wort Hebräisch verstand». Lady Mary Coke, die kein einziges Wort Französisch sprach, reiste zweimal nach Wien, um die Kaiserin zu besuchen, und verbrachte mehrere Monate dort.
Seite 24, Zeile 9 (Seite 51): «wie die Gräfin ....» Miss Whitwell, Gattin des Grafen Welderen, des holländischen Gesandten.

4. Geschichte
Seite 26, Zeile 11 (Seite 56): «Gängelband». George III erklärte bei seiner Thronbesteigung, daß er sich nicht von seinen Ministern regieren lassen werde, wie es seinem Großvater gegangen war, und zum Beweis ernannte er Lord Bute zum Premierminister.
Seite 27, Zeile 3 (Seite 57): «dem Kanzler». Henry Bathurst Lord Apsley war Lord Chancellor, als diese Geschichte geschrieben wurde.

5. Geschichte
Seite 37, Zeile 10 (Seite 70): «Tom selber heiratete eine von ihnen». Spielt auf die berühmte Miss Chudleigh an, die den Herzog von Kingston heiratete, während sie [definitionsgemäß unverheiratete! –

A. d. Ü.] Hofdame bei der Princess Dowager von Wales war, welchen Posten sie trotz ihrer Ehe mit Mr. Augustus Hervey behielt, der ein *Seemann* war und im Verdacht stand, ihrer Verehelichung mit dem Herzog im stillen Vorschub geleistet zu haben, um ihrer ledig zu werden und eine andere Frau zu heiraten, was er versucht hat.

Seite 38, Zeile 4 (Seite 71): «welche er sofort vergaß, als er hörte, daß er eine andere heiraten müsse». Spielt auf einen gewissen Prinzen an, der in Lady Sarah Lenox verliebt war, sich aber zur selben Zeit bereitfand, eine andere Person zu heiraten.

O R O K N O Z   A L A P O L

Horace Walpole ist eine der fesselnden Gestalten, in denen sich das aufgeklärte 18. Jahrhundert verkörpert, das er mit seinem Leben von 1717 bis 1797 fast ganz umspannt. Er ist ein Mann von vielseitigen Talenten und Interessen, in deren Ausübung eine gemeinsame Grundhaltung deutlich wird, ein skeptischer, distanzierender Hang zur Neutralität, zum Beobachter, Chronisten und Kommentator, eine selbstgewählte (wenn auch nicht in allen Teilen seines Lebens ganz freiwillige) Stilisierung als Randfigur, die freilich bei aller verkündeten Bescheidenheit ihren eigenen Wert durchaus zu veranschlagen weiß, ja, ihre Abseitsstellung teils zum Unterlaufen der allgemein hingenommenen Schranken benutzt, teils ironisch oder provokativ gegen die Gesellschaft ausspielt. Die bewußte Kauzigkeit eines englischen Exzentrikers konturiert ein Vorgehen, das ihn zu einem der Erfinder des Privatmanns als ästhetisch und gesellschaftlich wirksam werdenden Entwurf macht. Es ist die Entdeckung einer gerade erst sich auftuenden Differenz, ein bisher unvermuteter Raum, in dem neue, antithetische Gleichungen geschrieben, in dem neuartige Antriebskräfte ausgelöst werden können. Zur Entstehung des Privatmanns war die Kunst vonnöten, ein tätiges Hervortreten in Dingen der Ästhetik. An der Konstellation, wie Walpole sie herausbildet, fällt sofort das Element der Zeit ins Auge; genauer gesagt, ein

Geltendmachen der Ungleichzeitigkeit. Listig spielt er die Marotte gegen den ästhetischen Kanon aus, auf dessen Regeln sie, da privat, nicht verpflichtet sei; sie habe ja auch nichts zu bedeuten und erhebe keinen Anspruch über das Vergnügen hinaus, das sie ihm und einigen Freunden bereite, gibt er bei mehr als einer Gelegenheit ebenso gönnerhaft wie unaufrichtig dazu. Mit dieser koketten Ausrede ist das von ihm als (möglicherweise) unerlaubt Hingestellte nun doch ohne weitere Diskussion in die Welt gesetzt und macht sich dort bemerkbar. Die Ungleichzeitigkeit ist seine Chance (und wird im nachhinein die Quelle, aus der er die Gesellschaft bereichert). Für sein Schaffen greift er Älteres auf, zieht es an sich heran und läßt durch Anverwandlung und Abverwandlung sein Andres daraus entstehen, mit einem verblüffend modernen Kalkül (das ihm offenbar in den Knochen steckt und ihn wie eine instinktive, unwiderstehliche Anziehung zu seinen Objekten hintreibt) muß es gerade das Abgetane, im Ansehen Heruntergekommene, das Verpönte, das zweimal Alte und Hinfällige sein. So ist das gotische Stilvokabular, das er sich für den jahrzehntelangen Umbau seines Hauses Strawberry Hill zurechtbiegt, nicht nur aus einer entschwundenen, unaufgeklärt düsteren und längst verworfenen Epoche, sondern, ärger noch, es ist die Wiederbelebung des Gotischen zu dem Zeitpunkt, als er damit anfängt, bereits der schlechte Geschmack der Tagesmode von gestern, eben noch grassierend und schon vulgarisiert.

Bis zu einem gewissen Grad kann man Walpole ein Gespür für den Schund nachsagen, wie es in den letzten Jahrzehnten als Sensibilität des *Camp* erörtert worden ist. Dabei wäre die Frage zu stellen, wieweit *Camp* als Außenseitererscheinung, als die bewußt chiffrierte Kennung, Schöpfung und ästhetische Sprache der unterdrückten Randgruppe von Homosexuellen gelten kann, die an Verfahren mit dem Slang der schwarzen Ghettos die Umwertungen (so in einem bekannten, längst aufgehobenen Beispiel *bad* für gut) ebenso gemeinsam hat wie den fliehenden hermetischen Charakter, der nicht allein aus Freude am modischen Chic, sondern zur Absicherung vor unerbetenen Mitwissern und Mitrednern die Geschmacksurteile und Schibboleths unablässig erneuert. Wenn übrigens in jüngeren Jahren die offen eingestandene Homosexualität nicht mehr so scharf wie vorher aus dem gesamtgesellschaftlichen Leben verdrängt wird, so setzt sich dieser Wandel sichtlich darin um, daß der hermetische Charakter freiwillig zunehmend aufgegeben wird und in künstlerische Hervorbringungen einmündet, die sich mehr und mehr an ein breites (*crossover*-)Publikum wenden.

Um mit seiner Altware etwas anfangen zu können, muß

Walpole ihr eine neue Auffassung beilegen. Die Umwertung kommt damit als entscheidendes Konstituens der künstlerischen Schöpfung in den Blick. Von diesem Hebelpunkt her gesehen gibt es eine Symmetrie der Ungleichzeitigkeit: das, was *von früher* ist, wird durch Umwertung (die die Voraussetzung einer etwaigen Umformung ist) zu dem, womit er, der Umwerter Walpole, *früher daran* ist, was nämlich die anderen erst nach ihm erkennen, ihm nacherkennen werden. Nach Walpoles Selbstverständnis hat seine ästhetische Tätigkeit eine Zukunft. Er versucht, neue Wege zu gehen, lotet neue Möglichkeiten aus. Im Gedanken wie in der praktischen Abwicklung ist in diesem Vorgehen ein Element des Experimentierens, auch wenn dieses Experimentelle mitunter in den frühen Phasen von Strawberry Hill ins vergnügt Schludrige verschwimmt. Das von Walpole vorexerzierte Muster ist etwas, was in unserer Zeit oft Avantgarde geheißen worden ist. Zu den Voraussetzungen gehört der damals lebendig gewordene Begriff von der Wandelbarkeit der Kunst, die Entdeckung, daß man diesen zeitlichen Wandel mit dem Kunstgriff der Umwertung in die Gegenwart hereinholen kann, und als Agenten das sich an den Rand oder außerhalb der Regeln stellende Individuum, das auf eigene Faust den Kanon aus den Angeln heben kann.

Wie nur wenige andere «Avantgardisten» hat er das

Schiefe der Nachwirkung ab 1780 noch miterlebt. Unter den Unmengen von ihm hervorgebrachter Schriften (er dürfte die Feder kaum je aus der Hand gelegt haben, außer zum Essen und Schlafen) nimmt das literarische Werk einen vergleichsweise schmalen Platz ein; der inneren Konzeption nach sind es experimentelle Muster oder Beweisführungen (aus dieser Interessenlage heraus eher skizzenhaft und etwas dürr angelegt); den einzelnen Prototyp läßt er dann so stehen, er wird für ihn nicht zur Gattung, in der weitere, verwandte Werke auf dem nun vorgetretenen Pfad nachkommen. Neben kleineren Dichtungen und Prosastücken wie in den *Fugitive Pieces* besteht das Werk im wesentlichen aus dem Roman *Das Kastell von Otranto* (1764), dem Drama *The Mysterious Mother* (1768) und den hier erstmals auf deutsch gegebenen *Hieroglyphic Tales. Otranto* war gleich bei seinem Erscheinen ein großer Erfolg und ist bis auf die Gegenwart maßgeblich für die Vorstellung geblieben, die man sich von Walpole als Literat macht. Dieses Bild ist aber gefiltert, verändert und vielleicht verstellt durch die nachfolgenden Autoren, die, beginnend gegen Ende seines Jahrhunderts, eine Tradition darauf aufgebaut und sich oft ausdrücklich, aber nicht selten qua Mißverständnis auf die Vorläuferschaft dieses Werkes berufen haben: William Beckford, Ann Ratcliffe und die weitere Schule des Schauerromans, Lord

Byron, Sir Walter Scott und andere Romantiker. Es ist nicht ohne eine Ironie – die freilich von den Autoren weder beabsichtigt war noch wahrgenommen wurde –, daß sie, die Verfechter einer zunehmend anti-aufklärerischen Rückwendung und Anhänger einer bisweilen obskuranten Inbrunst, ausgerechnet Walpole als Ahnherrn bemühen, den skeptischen Menschen der Aufklärung, für den die Gebilde mystischer Spekulation nicht Gegenstand der Schwärmerei sind, der vielmehr von ihnen (mit wachem Spott) nur die Rätselkruste abhebt und als krausen Einfall montiert, der auch bei seinen tollsten Kapriolen die Vernunft nicht aus den Augen verliert, der er zwar einen Zugang zu dem Reich der Phantasie bauen will, aber in keinem Augenblick auf den Gedanken käme, sie zu verraten oder ins Irrationale ausufern, zerfallen zu lassen. «Anders als die Generation der europäischen Stürmer und Dränger und ihrer unmittelbaren Wegbereiter – anders als Rousseau und Diderot, Goethe und Klinger, Johann Heinrich Füßli und Johann Tobias Sergel – blieben für Horace Walpole das Vernunftgesetz und die gesellschaftliche Konvention die Richtschnur, an der sich auch der kühnste Regelverstoß, die bockspringende Laune und der Überschwang des empfindenden Ich zu kontrollieren hatten.»
(Norbert Miller)
Von dem empfindenden Ich auf das Erfreulichste ver-

schont geblieben, den so bewahrten freien Raum aber um so ausgiebiger mit nichts als bockspringenden Launen und kühnen Regelverstößen besetzt, diese Ausdrücke könnten zur Beschreibung der zwischen 1766 und 1772 entstandenen *Hieroglyphic Tales* dienen, deren Behendigkeit und gläserne Transparenz darauf zurückzuführen ist, daß von innen her immer die Vernunft durchscheint, die bei der Geburt dieses sich überschlagenden Unfugs Pate gestanden hat. Mit diesen Geschichten hat sich der Verfasser im Unterschied zu *Otranto* dermaßen ins Abseits gestellt, sich von den Erwartungen entfernt, die andere Menschen hegen, daß sie zwei Jahrhunderte lang einen ziemlich ungestörten Dornröschenschlaf verbringen konnten, und, sofern es überhaupt einen Vorzug darstellt, zu dieser Welt erweckt zu werden, was ich nicht untersuchen möchte, man noch von Glück sagen kann, daß ihre Entdeckung jetzt bereits geschieht, im späten 20. Jahrhundert, wo doch Wilmarthen Sheldon Lewis, der gründliche Kenner, ungemein um den Autor verdiente Sammler und Herausgeber und langjährige Nestor der Walpole-Forschung, sie einem noch viel späteren Zeitalter zuschieben wollte, denn er hatte für die *Hieroglyphic Tales* in seinem 1961 erschienenen Buch *Horace Walpole* nichts weiter als die Bemerkung übrig, das 25. Jahrhundert werde sie vielleicht harmlos finden, für unseren

Geschmack aber seien sie zu ausgefallen. Walpole hat sie zuerst 1785 in der «Officina Arbuteana», seiner eigenen Druckerei in Strawberry Hill, in «einem halben Dutzend Exemplaren» (sowie einer bei ihm verbliebenen Korrektur) drucken lassen; sie sind auch in Band IV der fünfbändigen Gesamtausgabe seiner Werke von 1798 enthalten. Dann aber hat sie niemand wieder angerührt, bis 1926 in begrenzter Auflage ein Nachdruck bei dem englischen Buchhändler Elkin Mathews herauskam, der in den neunziger Jahren des vorigen Jahrhunderts Mitverleger der heute vor allem für die Beiträge Aubrey Beardsleys berühmten Zeitschrift *Yellow Book* gewesen war. Danach geschah wiederum nichts, bis Kenneth W. Gross 1982 bei der Augustan Reprint Society an der University of California einen photomechanischen (allerdings auch erheblich vergrößerten) Nachdruck der Ausgabe von 1785 mit einer kenntnisreichen und aufgeschlossenen Einführung herausgebracht hat; diese Ausgabe enthält im Nachtrag (wie es auch hier in der deutschen Ausgabe geschieht) eine siebte, handschriftlich in Walpoles Nachlaß gefundene und dort als «Fünfte» der hieroglyphischen Geschichten bezeichnete, die (geringfügig von Gross abweichend) zuvor erstmals von A. Dayle Wallace 1967 in der von Warren Hunting Smith herausgegebenen Aufsatzsammlung *Horace Walpole, Writer, Politician and*

Connoisseur (New Haven und London) publiziert worden war. 1986 ist dann Norbert Millers außerordentlich reiche und kluge Walpole-Studie *Strawberry Hill* bei Carl Hanser erschienen.
Horace Walpole wurde 1717 in London als jüngstes der fünf Kinder von Sir Robert Walpole (dem ersten Earl of Orford) geboren. Sein Vater regierte mit einer bis dahin in England ungekannten Machtfülle als Premierminister von 1720 bis 1742, mußte dann nach seinem Sturz in Opposition gehen und starb 1745. Nach dem Besuch von Eton und Cambridge geht Horace mit dem Freund und Dichter Thomas Gray 1739 auf die übliche *grand tour* durch Frankreich und Italien. Ein paar Monate vor seiner Rückkehr im September 1741 wird er bereits zum Parlamentsabgeordneten gemacht, um die Fraktion des Vaters zu stärken. Er sitzt viele Jahre für verschiedene Wahlkreise im Unterhaus, wo er hinter den Kulissen ungeachtet seiner literarischen und ästhetischen Tätigkeiten eine lebhafte Wirkung entfaltet, bis er sich 1768 wohl in der Folge von Enttäuschungen aus dem Parlament zurückzieht, bleibt aber der getreue Chronist des politischen Geschehens. Er erbt das Geburtshaus in der Arlington Street und wird durch väterlichen Einfluß mit einigen Sinekuren ausgestattet, die dem Junggesellen ein standesgemäßes Auskommen und ein unbeschwertes Verfolgen seiner Grillen gestatten. Gegen Ende sei-

nes Lebens erbt er 1791 auf Umwegen, nämlich von seinem Neffen, den Titel seines Vaters, nimmt aber seinen Sitz im Oberhaus nie ein und unterschreibt gelegentlich als «Onkel des verstorbenen Earl of Orford» (statt «Orford»).

1747 erwirbt er das bescheidene, aber mit einem reizvollen Garten am Ufer der Themse in dem Londoner Vorort Zwickenham gelegene Haus Strawberry Hill, woraus er im Lauf der Jahrzehnte sein *chef-d'œuvre* schafft, indem er es zu einem künstlich altertümlichen, innen und außen aus entlehnten und verdrehten gotischen Formen zusammengesetzten Traum- und Trugschlößchen umbaut. Nichts könnte Walpole ferner gelegen haben – und gerade in diesem Punkt ist er später sehr mißverstanden worden – als ein Rückfall, ein Marsch ins Mittelalter, ein Aufgeben der einmal erreichten, von ihm ausgekosteten und stets verteidigten Vernunftpositionen. Er strebt nicht zu Mystik und Schwärmerei. Er will sich nur der Architektur und des Kunsthandwerks der Epoche bemächtigen, er will Stimmungen im Sinn von Licht- und Raumwirkungen, er will die Oberfläche, die alten Schläuche ganz ohne ihren Wein, und setzt das Filigran der Gotik bisweilen in Rococos ureigenstes Weiß-und-Gold um, was allerliebst ausgesehen haben muß. Dreidimensionales wird zweidimensional verflacht und ausgebeutet, groß wird zu klein (was, wie Miller ausführt, nicht allein die Formentlehnung betrifft, sondern die Haltung des Walpole'schen Privatbaus gegenüber der von ihm vorgefundenen Situation von Architektur und Gesellschaft). Vor allem in den ersten Jahren wird die Umgestaltung von Walpole und den Freunden Richard Bentley und John Chute mit Verspieltheit und Eifer, mit Ironie und Leichtsinn betrieben. Walpoles unernstes «Mittelalter» hat die Vorzüge des *trompe l'œil* und einen Leib wie Bühnenausstattung, es riecht nach Schere, Kleister, Pappe und Pinsel. Das Künstliche, Unechte, Billige wird selbst zu einem Aspekt, mit dem Kunst gemacht werden kann. Da ist Unterschiebung und Ersatz, Tausch und Wechselbalg, ein Spiel mit ästhetischen Kuckuckseiern, eine Alchimistenfreude daran, aus dem Dreck des Originals das Gold der Fälschung herauszusieden. Vor diesem Taumel der Anleihen möchte man fast fragen, ob das Affektierte, das an sich herangezogene Uneigene, einen höheren, wertvolleren Ausdruck bedeutet, eben weil es bewußt und aus Entscheidung kommt, statt wie das Vorgefundene, das allgemein Gebilligte oder das auf dem eigenen Mist Gewachsene *nolens volens* einfach da zu sein in derber, tumber Echtheit. Kein Zweifel aber kann daran bestehen, daß Strawberry Hill eine Augenweide gewesen ist, die auf jedem Schritt mit erlesenen Anblicken überraschen konnte. Da gab es eine steinfarbene gotische Tapete, Drucke in schwarzen und weißen Rahmen, die den Drucken lediglich aufgedruckt waren, und die mittelalterliche Grabstätte eines Bischofs wurde mit einer Stilechtheit, die unverfroren ist, und einer Unverfrorenheit, die den Frevlern eine helle Freude gewesen sein muß, zu einem kleineren, reliefhaft flachen Kamin zurechtfingiert.

Auch die *Hieroglyphischen Geschichten* sind mit solcher Diebesfreude geschrieben. Man täte daher unrecht, Überdrehtheiten für Ausgeburten der Walpole'schen Phantasie zu halten; die Darstellung der Familie Gronovius, der die Prinzessin in *Eine neue Tausendundeine Nacht* entstammt, liest sich noch im Brockhaus der 9. Auflage von 1844 ganz wie bei unserem Autor. Damit ein solches Stück als das bizarre Geflecht zum Vorschein kommt, als das es in der Geschichte steht, ist es notwendig, mit einem trockenen Unverständnis an die Sache heranzugehen, als strikter Außenseiter und Banause. Das gängige Modell zur Darstellung dieser Haltung war seit Montesquieus *Lettres Persanes* (1721) die Einführung exotischer Reisender oder Gesandter, die man in fassungslosen Briefen von den eigentümlichen und unerklärlichen Zuständen in Europa berichten lassen konnte. Auch der junge Walpole hat das mit seinem Brief des Chinesen *Xoho* getan, der darin zu dem schulmäßigen Schluß kommt, daß, was

Vernunft in China ist, nicht Vernunft in England ist; in der späteren *Hieroglyphischen Geschichte* vom Prinzen Mi Li mit ihren phantastischen Prophezeiungen und sprachgesteuerten Verwicklungen läßt er dieses Schema dann weit hinter sich.

Auf dem trockenen Unverständnis wächst auch die Kunst des Wörtlichnehmens, aus der Walpole andere Ergebnisse als die Satire gewinnt, so am Anfang der ersten *Hieroglyphischen Geschichte*, wo das Königreich, das wie ein Fußball ausgesehen haben soll, im nächsten Satz wie ein solcher abgeschossen wird. Die maßlose Übertreibung in den *Hieroglyphischen Geschichten*, das hitzige Bemühen, sich zu übertrumpfen, der Geschwindigkeitsrausch, mit dem in der Beschreibung von Pissimissis Abenteuern die verrücktesten Einzelheiten hastig aufeinandergetürmt werden, sie sind ein Entfesseln der Phantasie, aber sie dienen keinem satirischen Zweck, keiner moralischen Anwendung. In den Worten von Kenneth W. Gross «befreit (Walpole) die Phantasien der Satire von den Fesseln der Ideen» und gelangt so zu einem «absichtslosen Werk der Phantasie».

Unter allen Motiven, Gegenständen, Traditionen und Erfindungen, die in den *Hieroglyphischen Geschichten* vorkommen, ist nichts so unwiderstehlich für Walpole wie das, was es nicht gibt. Bereits das Vorwort, mit dem er die *Hieroglyphischen Geschichten* einleitet und Rechenschaft über ihre Entstehung ablegt, türmt in einem *amor vacui* ein Nichts auf das andere: die Geschichten wurden kurz vor der Erschaffung der Welt geschrieben und haben sich in mündlicher Überlieferung auf einer unbewohnten Insel erhalten, die noch ihrer Entdeckung harrt etc. etc.

Um Nichtexistenzen dreht sich die zweite der *Hieroglyphischen Geschichten* mit der ersten Tochter des Königs und dem ägyptischen Prinzen (der übrigens, man lasse sich von dem Rim-bim-Bimini-Klang nicht täuschen, einen Namen trägt, der für einen seit tausend Jahren toten Mann außerordentlich handfest ist, etwa Fotzererfickimini), und die im Vorwort gegebene Aufzählung längst untergegangener Fertigkeiten ist das Spiegelbild eines Aufsatzes (in einem Brief an Conway 1748 umrissen), in dem der rund zwanzig Jahre jüngere Autor die noch ungeschehenen großen Entdeckungen der Nachwelt in allen Künsten und Wissenschaften zu beschreiben vorhatte.

Es ist denkbar, daß Walpole die Behauptungen des offenkundig Nichtexistierenden als eine besonders gelungene Provokation der starr vernünftigen Menschen erschienen sind, und wahrscheinlich ist es, nach seinen ein wenig schematischen Vorstellungen von dem Phantastischen, daß ihm daß Hinüberschlüpfen von nichts zu etwas besonders produktiv vorgekommen ist; außerdem hat ihn gewiß die Lust an der nicht enden wollenden Vielfalt des nicht Vorhandenen gepackt und dazu gereizt, immer noch etwas dazuzutun; es wäre ihm nicht schwergefallen, ein Lehrbuch in zwölf Folianten mit einem groben Überblick über die Hauptformen des Nichtexistierenden herauszubringen. Bei alldem verfolgt er aber zugleich eine These, die für sein Unterfangen von zentraler Bedeutung ist: daß das Ungeschehbare nicht das Undenkbare ist, keineswegs; sondern daß es nicht einmal den geringsten Zusammenhang zwischen den beiden gibt, ausgenommen freilich, daß das Ungeschehbare zu denken und sich auszumalen eine besonders tiefe und heftige Gemütsbewegung verursacht und süchtig macht. Er verdeutlicht immer wieder, daß die Einbildung durch keine Regeln und keine Rücksichten begrenzt ist, außer durch die Torheit oder Schwäche der Autoren. Es ist ein durch das Exempel immer wieder erhobener Vorwurf an die Romanciers, von deren Werken er in dem Nachwort der *Hieroglyphischen Geschichten* sagt, daß sie «frei ausgedacht sind und dennoch der Einbildungskraft ermangeln».

Das Winzige ist ihm fast ebenso teuer wie das Nichtige, aus einem verwandten, aber eher umgekehrten Grund: weil er von dem Winzigen behaupten kann, es sei annähernd nichtig, und es auf diese Weise ungefragt und unverzollt in die Welt schmuggeln zu können hofft. Es ist, ganz wörtlich in den Maßstab umgesetzt oder umgeschlagen, die Taktik des Privatmanns, der den Regeln des Kanons aus dem Weg geht. Ach, es ist doch nur zu meinem Privatvergnügen, was braucht man ein Aufhebens davon zu machen, so äußert er öfter in einer nicht ganz ehrlichen, aber zweckmäßigen Bescheidenheit. Das Spiel mit dem Maßstab, das Durcheinander von groß und klein, ihre Austauschbarkeit und Gleichwertigkeit, gehören zu den polemisch-ästhetischen Mitteln der *Hieroglyphischen Geschichten*; sie helfen, alles auf die Phantasie und nichts auf die Wahrscheinlichkeit zu setzen, und entsprechen der Verquickung der Sprachen, Stoffe und Gestalten verschiedener Erdregionen und Zeitalter.

Der Name, den Walpole seiner Reisenden gibt, ist, wie Gross bemerkt hat, kunstvoll zusammengesetzt. Der Schmähreim auf das kleine Mädchen mit dem verdoppelnden Umfalten der Silben, wie es in manchen außereuropäischen Sprachen vorkommt, enthält ein Echo des Mississippi, und die von Walpole im Text behauptete Bedeutung «Gewässer des Jordan» ist um so naheliegender, als *Nachttopf* im Englischen auch *Jordan* heißen kann.

Das Maß der Ungeheuerlichkeiten, die etwa in dem *Würfelbecher* aus dem Ärmel geschüttelt werden, ist nicht geringer als in Münchhausens Geschichten, und doch könnte der Gestus nicht verschiedener sein. Bei Walpole ist Unmaß im Übermaß und dennoch nichts Prahlerisches, nichts, was für das *Guinness Book of Records* erzählt wird, nichts – so will es scheinen – womit sich ein Held hervortut. Da ist nichts Großsprecherisches, im Gegenteil, oft nimmt der Größen-Wahn in seinem Filigran die Züge des Kleinsprecherischen an. Diese Qualität des Unbeschwerten bei Walpole hat es zugleich mit einer doppelten Abwesenheit des Helden zu tun. Einerseits ist die Gestalt in einer *Hieroglyphischen Geschichte* (in dritter Person, nicht in Münchhausens *pro domo* sprechender erster) kein *character*, wie es Englisch heißt, keine künstlich ersonnene und mit diversen quasi-lebensechten (wahrscheinlich anmutenden) Eigenschaften prall ausgestattete Person, kein Gefäß oder gieriger Schwamm für des Lesers Einfühlung, Miterleben oder gar Identifizierung; nein, sie ist bloßes Vehikel zur Entfaltung der Schachzüge des Textes, ein Pappkamerad, eine Fiktion. Nichts an ihr ist menschlich, außer daß sie ausgedacht ist. Andererseits ist der verborgene oder jedenfalls abseits gehaltene «Held» der Erzähler, wie er Rekorde der Phantasie bricht, die seinen Zuhörern nicht einmal eingefallen wären (das ist, in vermengter und dadurch eingeschränkter Form, auch bei dem Typus Münchhausens der Fall, nur daß dort der

Erzähler als Ich auf die Bühne der Geschichte tritt und obendrein mit dem Helden der Geschichte ineins fällt); die dritte Person im Text ist bei Walpole nur die Bauchrednerpuppe dieser Autorenkühnheit, sie steht nicht als ihre Quelle da.

Die *Hieroglyphischen Geschichten* sind textgesteuert. Was in ihnen geschieht, die Haken, unerwarteten Wendungen, die nicht zusammengehörigen Zusammenstellungen, sie hängen von dem Wort ab, von den Wörtern, dem jeweiligen, vereinzelten Bild oder Ausdruck oder Einfall, die absolute Wirkung auf den Textverlauf ausüben können, den ein Geschehen zu nennen bisweilen eher eine Hypothese wäre. Die Wörter sind das – stets unvorhersehbare – Gesetz, nach dem Walpole hier alles einrichtet. Eine Textwirklichkeit, an der die Wörter gemessen werden könnten, der sie angemessen sein könnten oder nicht, die dann im Namen des Textes oder schon an seiner Statt weiterspräche, ihm Worte in den Mund legte oder umgekehrt ausjurierte, wie es in der Literatur doch sonst geschieht und von dem Leser als methodische Grundlage eines vernünftigen Textes vorausgesetzt wird, sie läßt Walpole nicht erst aufkommen, weswegen die *Hieroglyphischen Geschichten* denn auch ordentlich gescholten worden sind. Wo Walpole streng bleibt, weigert er sich, ein plausibles Ensemble vor dem Leser entstehen zu lassen. Er suggeriert keine

Illusionen, die Märchenkonstruktionen bauen keinen Märchenzauber auf, der Text gewinnt keine eigene, sich fortsetzende Ebene, er bricht immer wieder ab. Im herkömmlichen literarischen Sinne bringt Walpole seine Einfälle systematisch um ihre Wirkung, weil er ihnen kein Eigenleben zugesteht, sich nicht weiter nach ihnen richtet; im Gegenteil, er «wechselt Haltung und Handlung noch im selben Satz», «Erzählwillkür» (Miller) tritt an die Stelle der Erzählungswirklichkeit. Alles sieht wie eigenmächtige Verschrobenheit aus, wenn es zerstükkelt dargeboten wird, ohne einen sinnstiftenden Erzähl-Zweck, in dem es versöhnt wäre und sich fassen ließe. Miller spricht von einem «Kaleidoskop, in dessen Zufallsmustern, alle ohne Sinn, zugleich aller Sinn enthalten ist.»

Mit seinem provokanten Hang zum Klittern durchbricht Walpole die bis dahin geltende Norm des in sich stimmigen Kunstwerks. Der zweiten Auflage des *Otranto* stellt er ein Horaz-Zitat voran, das er durch leichte Veränderung fast unmerklich ins Gegenteil verkehrt hat. Wo Horaz warnt, ein Werk dürfe nicht aus unsinnigen, fiebrigen Schöpfungen bestehen, in denen Kopf und Fuß sich nicht zu einer Gestalt zusammenfügen, verheißt Walpoles Fassung, daß Kopf und Fuß sich *dennoch* zu einer Gestalt verbänden. Während Horaz an der Natur Maß nimmt, um Dichtung von krankhaftem Wahn

unterscheiden zu können, setzt Walpole auf die Umkehrung: «die Einbildungskraft hat frei zu sein, auch als des Kranken Traum; der Verstoß gegen die Erwartung und der Augenblick der Irritation sind die Voraussetzung für Kunst und Kunstgenuß; die Kühnheit der Erfindung ersetzt als Richtschnur die zur Natur stilisierte Seherfahrung etc.» (Miller). Der Klitterer mit seiner Freude am Ungehörigen und dem Sinn für das Erfinderische im Entwenden setzt Abraham nach Ceylon, fertigt ein milesisch-griechisches Märchen mit einer spanischen Ausrede aus irischer Materie, läßt seiner Imagination freien Lauf in einer Fungibilität der Stoffe und Formen, die das *Musée imaginaire* des Schriftstellers bereithält.
Mit einer Ambivalenz aus Spottlust und Faszination, wovon die letztere tiefer sitzen dürfte und die erstere eine begleitende und schützende Funktion, auch eine Tarnung ist, sucht Walpole mit Vorliebe die düsteren Kammern dieses Museums auf, das Obskure und Unzugängliche, das abgetane Ausdrucksgerümpel alter Zeiten, verurteilte Moden und Sitten. Das Schöne ist im schlechten Geschmack der Anderen verborgen und wird durch Bekenntnis daraus freigesetzt. Das Schöne in Walpoles Konzeption setzt sich der Mißbilligung der Gesellschaft aus, setzt dieses mißbilligende Urteil voraus. Damit ist die Schönheit an die Umwertung, an den Affront, an das ästhetisch Unschickliche gebunden. Im-

mer aber ist es die Entscheidung, die Trouvaille eines Einzelnen. Für Walpole kann gelten, was André Breton in dem *Manifest des Surrealismus* (1924) vertritt, wenn er das Wunderbare in den «cadres qui nous font sourire», in Werken, die «coincident avec une éclipse du goût» sucht und sich verpflichtet, «weiter als jeder andere in dem schlechten Geschmack der Zeit zu gehen». Das Abgetane und Abgeschmackte, was Walpole so unwiderstehlich anzieht, ist dabei keineswegs unbedingt eine Sache des zeitlichen Abstandes. Es genügt, wenn es kraus und undurchdringlich ist. Bereitwillig, ja mutwillig verflacht Walpole, was er nicht verstehen kann oder will, zu einer üppigen, aber nicht auflösbaren Oberfläche, an der er sich nicht satt sehen kann und die er, lappenweise ausgeschnitten, in seine Werke montiert. Von der Aufklärung in Verruf gebrachte Denkweisen, Mystik, Neoplatonismus, Hieroglyphen, werden von dem verständnislosen Banausen als bizarre Schlangenhaut aufgefaßt, und der obligate Spott, der gleich damit einhergeht, rückt nicht allein die Werturteile im Sinn des Vernunftmenschen zurecht, er ist vor allem eine raffinierte Tarnung, dank derer Walpole es nicht einmal zuzugeben braucht, mit welcher Begeisterung er sich an diesen Dingen entzündet; er kann nach Strich und Faden über sie herziehen, während er zugleich vernarrt sein Wunderwerk aus ihnen baut. Im günstigsten Fall gelingt es ihm damit, die Materie zu entdecken, umzuwerten und zu verwenden und doch sie keinen Augenblick aus dem Aspekt der *negierten* Schönheit zu entlassen.

Walpole betreibt eine Säkularisierung des Hexenwesens, dessen Oberfläche er abzieht, versetzbar macht und nicht ohne Schauer bewundert. Was ihn dabei zur Flächenhaftigkeit besonders befähigt und zugleich die Wurzeln der Faszination in der Tiefe fast krampfhaft verdeckt und damit stärker macht, ist sein Zurückschrecken vor dem unbemeisterten Irrationalen, seine Furcht vor einem Rückfall in die finstere Barbarei. Nur als tote Schlangenhaut, zu seinem und der Menschheit Schutz mit einem Firnis aus Undurchdringlichkeit imprägniert, auf dessen hartem Lack das grelle Licht des Spotts ein Gleißen hervorruft, sind diese verrufenen Welten für ihn verfügbar und unbedrohlich.

Walpoles vernünftiger, dem Phantastischen geöffneter, an der Satire geschulter Blick sieht die Körper der – für ihn überholten – Unvernunft; er läßt sich auf sie nicht ein, so bieten sie sich ihm als Zerrbilder dar – und er, nicht faul, schlägt Kapitel daraus, indem er sie als Phantasieformen verbaut, ein etwas billiger, aber komischwirksamer Steinbruch. Das Gefäß des Glaubens ohne Glaube steht als Schnitzwerk des Aberglaubens da. Bei dem Abziehen der Oberfläche wird Gesicht Maske,

Ausdruck Fratze, eine Phantasmagorie bleibt, und es liegt im Wesen dieser Prozedur, wenn die Resultate etwas oberflächenhaft, entleert oder schematisch wirken. Walpoles mit Vernunft organisierte Kartographie des Irrationalen präsentiert dieses in einem charakteristisch dürren Stil. Es steht auf einem andern Blatt, daß die dunklen Mächte, mit deren erstarrten Fratzen Walpole spöttisch-vernarrt gespielt hat, später von seinen ungerufenen «Nachfolgern» in einem Mißverständnis seines Experiments gegen die Vernunft ausgespielt worden sind.

Gegen Ende des hier im Anhang gedruckten *Vogelnestes*, das Walpole selbst nicht veröffentlicht hat, wohl weil es ihm zu konventionell und mit Märchenzauber begabt war, kommen zwei Straußeneier vor, von denen das eine in rätselhaften «hebräischen» Buchstaben die Worte *Oroknoz Alapol* trägt, was den Namen eines großen Philosophen bedeuten soll, der weiser als Salomon ist und größeren Unsinn schreibt. Übersetzt, so erfahren wir, heißt das, Der Dürrste unter den wahren Gläubigen, d. i. sein Glaube ist höchst mager. Wer darin Walpole noch nicht erkannt hat, dem hilft der Autor mit einer Verballhornung des eigenen Namens auf die Sprünge: *Oroknoz Alapol* (oder nach der Lesart bei Wallace, *Mapol*) enthält *Horace Walpole*.

Schuldt

Inhaltsverzeichnis